Henry Schreiber

Der Missionar von Blukato

Und andere Geschichten

Henry Schreiber

Der Missionar von Blukato
Und andere Geschichten

ISBN/EAN: 9783743357822

Hergestellt in Europa, USA, Kanada, Australien, Japan

Cover: Foto ©Andreas Hilbeck / pixelio.de

Manufactured and distributed by brebook publishing software (www.brebook.com)

Henry Schreiber

Der Missionar von Blukato

Drei der folgenden kurzen Erzählungen erschienen vor einiger Zeit in der "Abendschule", und zwar eine davon unter anderem Titel. Die übrigen machen ihre Erscheinung hiermit zum erstenmal.

Inhalt.

Vom Wüstensaum zum Boulevard.

I.

Die Einsamkeit — wer kennt sie nicht?

Man kann einsam sein inmitten des Stadtgetümmels, wo viele Menschen an einem vorbeijagen; man kann einsam sein auf der öden Prärie, wo man keine Menschenseele sieht; aber man kann auch einsam sein in seinem eigenen herrlichen Palast — man kann auch einsam sein in seiner eigenen erbärmlichen Hütte!

Sonderbar! Die Einsamkeit ist überall, ob der Mensch allein ist oder ob noch Millionen um ihn herumwimmeln — 's ist einerlei, ganz einerlei: sie findet jeden auf.

Du glaubst mir's nicht? So! Nun, dann lasse es nur einmal darauf ankommen; es kommt doch noch einmal die Zeit, auch für dich, dass du dich einsam fühlst. Sie kommt manchmal ganz plötzlich, die Frau Einsamkeit; ehe du dir's versiehst, vielleicht am Weihnachtsabend, vielleicht am Sylvesterabend, vielleicht aber auch an einem gewöhn-

lichen Abend, sitzt sie neben dir und erzählt
dir eine alte Geschichte, flüstert dir leis' diesen oder jenen Namen zu, der dir so lieb ist,
dass du, ob du willst oder nicht, gespannt der
Plauderei lauschest, — sie nennt dir den Namen deines Vaters, deiner Mutter, deines
Mannes, deiner Frau, deiner Kinder, oder
deines Freundes, der oder die jetzt nicht mehr
bei dir sind, — plötzlich, vielleicht mitten im
Jubel drin, vermisst du ein freundliches Gesicht, ein helles Lachen, ein munteres Geplau-
der, welches vor Jahresfrist, kann sein auch
vor noch viel längerer oder kürzerer Zeit,
dich angeblickt hat, dir entgegengeschallt, ins
Herz gedrungen war wie ein schöner, warmer
Sonnenstrahl, — plötzlich, vielleicht mitten
im Jubel drin, sag' ich, wirst du einer grossen,
unausfüllbaren Lücke gewahr, und dann, mein
Freund, und dann — *dann* fühlst auch *du*
dich einsam, glaube mir's nur! . .

Ja, die Einsamkeit! — wer kennt sie nicht?

II.

Nicht weit von hier, da steht ein schönes
Haus. Wenn die Gardinen an den Zimmer-
fenstern ein wenig beiseite wehen und man
einen Blick in das Innere desselben bekommt,
so ist man erstaunt über die Eleganz, mit der
die Räume ausgestattet sind. Es blitzt und
blinkt alles wie funkelnagelneu. Trotzdem —
wie einladend steht dort der geflochtene Wiegenstuhl im Wohnzimmer! Das Klavier ist
aufgeschlagen, und die elfenbeinernen und

ebenhölzernen Tasten lachen einen an und
betteln förmlich, dass man sie anschlage.
Nahe dem grossen Mittelfenster steht ein gol-
diger Käfig, in dem ein prachtvoll gefiederter
Papagei sein Wesen treibt. Riesige Vasen
stehen in den Ecken; kostbare Teppiche be-
decken den Boden; und in dem weiten Kamin
flackert ein helles Feuer, dessen Rauch oben
zum Schornstein lustig in die kalte Dezember-
nacht hinauswirbelt.

In diesem schönen Hause war die Einsamkeit schon lange eingekehrt, schon lange hei-
misch! Und heute macht sie sich doppelt
bemerklich dort, denn es ist Heiliger Abend!

Tiefe Stille herrscht im ganzen Gebäude, in
dem sonst gar fröhliches Getriebe die Ober-
hand hatte um diese Zeit. Denn die Frau,
die dort so sachte und langsam auf dem
schwellenden Teppich hin und her geht und in
Gedanken versunken zu sein scheint, war nicht
immer so allein wie jetzt. Das kann man
schon an dem Geschwätz des alten tropischen
Vogels wahrnehmen, der Worte und Sätze
ausstösst, die manchmal aus eines Kindes,
manchmal aber aus eines Mannes Munde zu
kommen scheinen. . . Nein, die schöne, alte
Frau dort war nicht immer so allein gewesen,
sie hatte einst einen lieben Mann und herzige
Kinder um sich gehabt.

Wo waren denn die?

Ja, das ist's eben, die waren fort, und sie —
sie ist allein dageblieben in dem grossen, herrlichen Haus, die alte Frau — alles war fort,
nur sie und der alte Papagei waren noch übrig.

Ihr Mann war zuerst ausgezogen aus dem

schönen Haus; er tauschte ein kleines, enges
dafür ein, — eins der vielen dort droben auf
jenem Berge; seine Seele allerdings zog in ein
viel glänzenderes Heim, das unbeschreiblich
ist. . .

Dann kamen drei der Kinder an die Reihe.
Sowie sie gross genug waren, um selbständig
sein zu können, waren sie lächelnd dem Vater
nachgezogen, — vier Gräber hatte die stille
Frau nun dort auf dem Berge, und vier Mar-
morsteine nennen die lieben Namen. . .

Jetzt war nur noch sie und Karl da. Karl
war der Jüngste. Aber es ging auch bei ihm
so: je grösser er wurde, desto schwächer wurde
er. Er schoss empor, wie ein Pilz, und jeden
Morgen meinte die Mutter, er wäre um einen
Schuh gewachsen, seine Brust sei enger, seine
Wangen hohler. Der armen Mutter ward so
bange! Sie hatte wohl bemerkt, dass Karl
öfters etwas unterdrücken wollte, — sie kannte
den trockenen Husten nur zu gut! Als sie es
dem alten Hausarzt sagte, wurde der bleich
und verordnete, dass der junge Mann augenblicklich in ein anderes Klima wandern müsse.
Er hatte gar wenig Hoffnung, aber doch,
tröstete er, bei Gott sei ja kein Ding unmöglich.

Am nächsten Abend schon zog der Sohn ab,
— und das geschah am Weihnachtsabend vor
einigen Jahren: ein bittereres Weihnachtsgeschenk hätte für die Mutter nicht ausgesucht
werden können! Obgleich sie sehr schwach
war, hatte sie ihn doch auf den Bahnhof begleitet. Sie dachte eben, es wäre das letzte
Mal, dass sie dies thun könnte!

Seitdem hatte sie ihn auch nicht mehr gesehen. Er schrieb zwar, sein Zustand habe
sich bedeutend gebessert; aber da er es, wie es
schien, doch noch nicht wagen durfte, dem
milden Klima des äusersten Westens den
Rücken zu kehren, so traute sie der Sache
nicht so recht. Sie selbst aber war zu ge-
brechlich, als dass sie sich einer Reise von
mehreren Tagen hätte unterziehen können, so
gern sie auch zu ihm hingeeilt wäre. . .

Und heute ist es ja wieder einmal Weihnachtsabend!

Die einsame Frau hat keine Ruhe. Ab und
an nimmt sie einen Brief von ihrem Schreib-
tisch, setzt die Brille auf, geht zur Gaslampe
und liest ihn wieder und wieder durch. Dabei
werden dann jedesmal die Gläser feucht, dass
sie dieselben abthun und trocknen muss. Es
ist der Weihnachtsbrief des geliebten Sohnes,
der ihn aus der weiten Ferne an die Mutter
abgesandt. In demselben bedauert er sehr,
dass er auch diesmal noch nicht mit ihr Weihnachten feiern könne. Er habe fest vorgehabt,
zu kommen; aber es seien gerade jetzt wieder
einige Vorkommnisse passiert, die sein Verweilen auf der Hacienda erheischten.

Wenn sie dann damit einmal wieder zu Ende
ist, legt sie den Brief zurück auf den Tisch
und nimmt ihren schweigsamen Gang wieder
auf. . . Draussen erklingen derweile fröhlich
die Glockengeläute, die den Weihnachtstag
ankündigen; draussen erklingen die Hörner
der Kinder; draussen hastet klein und gross
mit verjüngter Kraft, mit glückseligen Gesichtern durch den Schnee. Dort huscht noch

geheimnisvoll ein Weihnachtsbaum in ein
Haus; dort bringt das Christkind noch allerhand schöne Sachen hin: dem Fritz ein Pferd-
chen, dem Linchen eine Puppe, — aber in
dem herrlichen Hause dort dreht die einsame,
alte Frau eben ihr Licht aus und legt sich zur
Ruhe nieder.

Zur Ruhe? Nein, — sie thut kein Auge zu,
bis der Morgen des Christtags dämmert. . .

III.

In Düster gehüllt ist die Hacienda Del
Norte. Ein nasser Nebel lagert sich darum
her und lässt die Gebäulichkeiten nur noch
unsicher hervortreten. Es ist auch still all-
überall. Nur hin und wieder ertönen dumpfe
Hufschläge eines oder mehrerer galoppierender
Pferde, die plötzlich vor einer stallartigen Ba-
racke wieder aufhören. Das sind die Wächter
der Viehherden, die ihren mühsamen Tages-
ritt hinter sich haben und nun, von der Nachtwache abgelöst, heimkehren. Nachdem sie
ihre Pferde versorgt haben, treten sie in das
naheliegende, weitläufige Haus, wo der chine-
sische Koch gerade das Abendbrot auftischt.
Bald sind sie alle damit beschäftigt, die wohl-
verdiente Stärkung zu sich zu nehmen, welcher Prozedur sie sich nicht gerade schweigend
unterziehen, denn ein jeder der Dutzend rauhen
Männer hat einen Scherz oder ein Geschicht-
chen zu erzählen, welche hier, wenn nur
einigermassen gut vorgetragen, stets ein dank-
bares Publikum finden.

Der oberste Platz am Tisch war noch leer, und dem grossen Armstuhl, sowie der Serviette, die auf dem Teller lag, nach zu urteilen, war dies der Sitz des Befehlshabers der lauten Gesellschaft.

„Der Colonel bleibt lange aus!" sagt plötzlich Bill Moss, der, trotzdem er bedeutend niedriger sitzt, als alle anderen, diese doch noch um eines Kopfes Länge überragt und dessen Beine auf der entgegengesetzten Seite des Tisches herauslugen.

„Er hat vielleicht die Spuren der mexikanischen Diebe verfolgt, die ihm sein Pferd Jumbo gestohlen haben!" erwidert Jim Rogers, der beste Schütze der Sippschaft, welcher stets ein halbes Schock Revolver im Gürtel trägt, überall, wo er geht und steht, sich im Schiessen übt und immer grausige Abenteuer erzählt, obwohl alle wissen, dass er die wenigsten selbst erlebt hat.

„Oder er hat sich verirrt!" platzt der winzige, hasenfüssige Pat' Ryan, der auf seinen Stuhl noch einige Theekisten stellen musste, um mit einiger Bequemlichkeit speisen zu können, unvorsichtig heraus, welche Aeusserung zur Folge hat, das die gesamte Gesellschaft vor Lachen eine Weile ihre Arbeit einzustellen gezwungen ist.

„Verirrt!" ruft ein anderer verächtlich, nachdem das Gelächter etwas nachgelassen, „der Colonel verirrt! Hört Ihr denn nicht, dass er eben angejagt kommt?"

Richtig, bald darauf tritt ein grosser, kräftiger junger Mann herein, dessen Gesicht zwar ebenso sonnenverbrannt ist wie die der anderen,

aber das doch einen weit vornehmeren Ausdruck besitzt als jene. Es ist von einem dichten Vollbart eingerahmt, der bis auf die Brust
reicht, und die zwei grossen, dunklen Augen
darin schauen freundlich und furchtlos sich
um. Er ist wie die anderen gekleidet, trägt
weite Hosen, ein wollenes Hemd, einen grossen
Sombrero und Schuhe mit riesigen, klirrenden,
silbernen Sporen; im Gürtel befinden sich die
üblichen Waffen, Revolver und Messer; über
seiner Schulter aber hängt ein prachtvolles
Winchester-Gewehr.

„Guten Abend, Jungens", ruft er laut, indem er seinen Hut und sein Gewehr aufhängt.

„Guten Abend, Colonel! .. Ist alles ruhig
am Fluss? .. Haben Sie etwas von den Dieben
gesehen? .. Ist die Gegend wieder sicher?"
rufen die Männer durcheinander.

„Alles ist ruhig!" antwortet der Colonel,
während er sich auf seinen Platz setzt und die
Gesellschaft feierlich mustert. „Ich habe
keine Mexikaner gesehen. Das Vieh ist alles
wieder innerhalb unserer Gebiete. — Aber
jemanden habe ich doch getroffen unten am
Fluss", fuhr er nach einer kleinen Pause fort,
„der mich an etwas erinnert hat, an das Ihr
alle zusammen nicht denkt!"

Ein Lächeln gleitet über seine männlichen
Züge, als er die neugierigen Blicke seiner
Untergebenen sieht.

„Wer denn? .. Was denn? .. Geben's
auf!" geht es durcheinander, während nur
der alte Watkins, der für einen guten Rätsel-
löser galt, seine Stirn in Runzeln wirft und
offenbar zu tüfteln anfängt.

„Es war der Missionar von Blukato, der einmal mit mir auf einer Schulbank gesessen. Er ritt zur Hacienda Meyer, um morgen dort zu predigen!"

„Zu predigen! . . Auf der Hacienda Meyer! . . Warum denn das! . . Hahaha!" schallt es vielstimmig im Saale wider, und die verwilderte Gesellschaft wird sehr aufgelegt; bloss der alte Watkins brummt, weil man ihm keine Zeit zum Raten gegeben hat.

„Warum? Ganz einfach — weil morgen Weihnachten ist, Jungens!"

Einen Augenblick ist alles stumm vor Erstaunen. Dann aber lösen sich die Zungen und ein wildes „Hurra!" übertönt das andere. Watkins nur ist ruhig geblieben; es wäre eine Schande, wenn er nicht heute abend noch etwas raten würde. Und er *hat* etwas entdeckt; denn da sich der Sturm etwas gelegt hat, steht er wichtig auf und sagt triumphierend:

„Jungens, wenn morgen Weihnachten ist — und das glaub' ich ganz sicher, weil es der Colonel gesagt —, dann ist jetzt Weihnachtsabend, wo man manchmal 'was zu Geschenk kriegt!"

Jetzt wird ein „Hurra!" auf den Rätselrater ausgebracht, der sich das schmunzelnd gefallen lässt und seine Autorität wieder für gesichert hält. Daran schliesst sich ein Durcheinander von lautgethanenen Erinnerungen. Der lange Bill erinnert sich, in seiner Jugend einmal ein Wiegenpferd bekommen zu haben, das am dritten Tage schon kaput geritten war, und sein Mund weitet sich in freudiger Rück-

erinnerung von einem Ohr zum andern aus.
Watkins erzählt, dass er, wie er zehn Jahre alt
war, sein erstes Rätselbuch bekommen, worauf
man dann sein Genie entdeckt habe, da er am
selben Abend noch den ganzen Inhalt desselben
geraten; und dann will er gleich einige Rätsel
davon aufgeben, wird aber vom Colonel unterbrochen.

„Jungens, seid 'mal einen Augenblick
ruhig", sagte er, „ich will Euch etwas erzählen. Wie ich so mit dem Missionar zusammen
spreche, kommt mir der Gedanke, einmal meine
Mutter daheim zu überraschen. Der Missionar
rechnete mir vor, dass ich noch bis Sylvester
heimkommen könnte, wenn alles klappt. Ich
dachte, weil jetzt alles wieder ruhig ist, so
könntet Ihr schon für eine kleine Weile ohne
mich fertig werden. — Was sagt Ihr dazu?"

Alles ist still. Der eine putzt mit dem
Aermel seinen Revolver, der andere dreht sich
eine Cigarette, ein dritter zupft den Bart.
Selbst der Chinese hört auf, mit seinem Ge-
schirr zu rappeln.

Endlich sagt Bill Moss, indem er seine fast
endlosen Beine unter dem Tisch zusammen-
schlägt, dass der Staub aus seinen Hosen fliegt
und durch die Ritzen der Platte emporzieht:

„Fertig werden wir schon, — aber vielleicht
werden wir so'n bisschen — eh! — well! —
so'n bisschen einsam sein! — Aber ich kalkulier', dass wir das wohl auch thäten, wenn
wir noch so'ne Mutter hätten, und dass es 'mal
ganz gut ist, wenn Sie 'mal wieder Ab-
wechselung oder so was haben — und in bessere
Gesellschaft kommen! Sie sehen jetzt fast so

rauh und wüst aus, wie wir Kerls hier, — mit Verlaub, Colonel!"

„Meinst Du? Dafür bin ich aber auch wieder gesund! — Aber was wollte ich doch gleich sagen! . . . Ich glaube, die Stage passiert beim Fluss um drei Uhr morgen früh, Jungens, nicht wahr? — Wer begleitet mich dahin und bringt mein Pferd zurück?"

Da dies jeder thun will, aber nicht alle entbehrt werden können, muss gelost werden. Das Los fällt auf Bill Moss. Bald nachdem man mit dem Abendbrot fertig ist, legt man sich nieder, um so früh wie möglich auf den Beinen zu sein. . .

. Etwa um Mitternacht wollen sich die zwei Reiter still mit ihren Pferden davon machen. Kaum aber sitzen sie obenauf, als alle Bewohner der Hacienda in den seltsamsten Aufzügen herausgeflogen kommen, und ein donnerndes „Fröhliche Weihnacht und glückliches Neujahr, Colonel!" durch die Nacht dröhnt, worauf in weniger als fünf Minuten alle Läufe der gesamten Schiesswaffen der Hacienda Del Norte abgefeuert sind.

Man sagte nachher, dass man das Schiessen bis zur Hacienda Meyer gehört habe, — eine Strecke von fünfzehn bis zwanzig Meilen!

IV.

Jetzt ist es Sylvester.

Das alte Jahr schickt sich an, mit tiefgefurchtem Antlitz fortzuschleichen und dem frischen, schönen, jungen Jahre Platz zu

machen, das noch keine Bürde kennt und
keine Runzeln zeigt.

Da wir jetzt wieder in der Stadt des schönen
Hauses sind, die innerhalb der Schneelinie
liegt, so ist es sehr natürlich, dass es schneit,
tüchtig schneit, so dass die Leute, die das uns
schon bekannte Gebäude passieren, samt und
sonders wie in weisse Wolle eingepackt zu sein
scheinen.

Droben am grossen Mittelfenster sitzt sie,
die einsame Alte, neben dem schwätzenden
Papagei. Ihr Scheitel ist weiss, als ob sie eben
eine Weile draussen blossen Kopfes einen
Spaziergang gemacht hätte. Aber das Spa-
zierengehen hat schon lange aufgehört bei ihr,
und das ist kein Schnee, mein Freund, das sind
ihre Haare, die einst schwarz, glänzend schwarz
waren. Sie klappert mit ihren Stricknadeln
ebenso regelmässig, wie die grosse Standuhr,
die vom Boden bis fast zur Decke reicht, den
Pendel schwingt, und schaut dazu hinaus in
das Schneewetter. Die Flocken fliegen lustig
gegen die dicken Scheiben und scheinen die
·alte Dame necken zu wollen. . Aber das ist
vergebliche Mühe, die alte Dame merkt gar
nicht darauf. Sie sinnt nach, wie schön es
sonst war um diese Zeit, als ihr Gatte noch
lebte und die Kinder alle im Hause fröhlich
wirtschafteten. An Sylvester wurden die
Lichter des Baumes noch einmal angesteckt,
und dann setzte sich der Vater ans Klavier
und die Kinder mussten sich im Kreise um ihn
herumstellen, und dann wurde ein Lied ums
andere angestimmt, während sie selbst, die
glückliche Mutter, ein warmes Getränk be-

reitete, und Kuchen aufschnitt, und Aepfel
brachte, und Orangen und Nüsse! Und wenn
dann die Lichter erloschen, brachte sie die
Kleinen zu Bett, worauf dann sie und ihr
Mann noch das neue Jahr einläuten hörten und
sich tausendfaches Glück wünschten.

Ja, tausendfaches Glück wünschten!...

Das Glück bekam den ersten Stoss, indem
der Gatte und Vater starb... Ein paar Jahre
darauf war der Kreis der Lieben schon wieder
um ein Glied verringert als Sylvester kam...
ein paar Jahre darauf um noch eins... dann
um noch eins. Dann zog das letzte Andenken
an ihre Familie fort, in die Ferne, um im milden Klima die drohende Krankheit zu besiegen
— und sie sitzt jetzt so allein, so einsam hier
und strickt einen Strumpf für das letzte Glied
des einstigen fröhlichen Kreises, — ja, jetzt
hatten die Uhr, der alte Vogel und die klap-
pernden Nadeln das Reich der Töne und des
Gesanges eingenommen, und .nichts weiter
störte die Stille, nichts die Einsamkeit...

Die Magd hat eben das Gas angesteckt. Sie
that das regelmässig um diese Zeit, ohne ein
Wort zu verlieren. Heute aber sagt sie:
„S'ist Sylvester!" und zündet zwei Flammen
anstatt nur einer an.

Da rollt unten auf der Strasse eine Kutsche
heran.

Einen Augenblick hört das Klappern der
Stricknadeln auf und der silberne Kopf drückt
sich an die kalte Fensterscheibe. Es ist schon
dunkel, aber der Schnee ist weiss, und da hebt
sich alles scharf gegen ab.

Die Dame sieht zwei Männer auf dem

Kutschersitz, davon der Grössere die Zügel der hergaloppierenden, dampfenden Pferde plötzlich straff anzieht und mit einem mächtigen Ruck die Tiere vor ihrer eigenen Hausthür zum Stillstand bringt! Vor ihrer eigenen Hausthüre! Noch einige Sekunden bleibt der Grosse oben sitzen und wühlt in der Tasche. Jetzt aber springt er vom Bock, ist in wenigen Sätzen an der Thür und zieht die Klingel.

Wie klingt das heute so freudig! Und warum steht denn die alte Frau so hastig auf und wirft den Strickstrumpf weg? Warum? . . . Hört ihr nicht die eiligen Tritte auf dem weichen Treppenteppich? Hört ihr nicht das Krachen der Stufen? Ein solches Gewicht ist lange nicht da hinaufgestürzt! Die Thür fliegt auf! In derselben steht eine hohe Mannesgestalt in seltsamer Kleidung. Ein grosser Sombrero sitzt noch auf dem braungebrannten, bärtigen Kopf und an den Schuhen klimpern silberne Sporen.

„Karl?" fragt die alte, einsame Frau mit zitternder, zögernder Stimme, die kolossale Gestalt fragend anblickend.

Ohne ein Wort zu sagen umarmt der Sohn sein teures Mütterchen. . .

Da schreit auf einmal in strafendem Tone jemand vom Fenster her: „Karl, wo bist Du denn gewesen?" Das war eine uralte Erinnerung des grünfederigen Schwätzers.

Und die Magd, die nicht gewusst hatte, weshalb der fremde Mann an ihr vorbei und die Treppe hinaufstürmt, ist ihm bis zur Thür nachgefolgt. Jetzt steht sie dort und wischt sich die Augen mit ihrer kattunenen Schürze.

Die Einsamkeit aber fühlt sich auf einmal
höchst überflüssig hier und ist gerade eben mit
dem dichten Rauch zum Schornstein hinaus-
gesegelt. . .

Es ist fast Mitternacht.

In den Kirchtürmen stehen die Küster mit
der Uhr in der einen und dem Glockenstrang
in der anderen Hand, um das neue Jahr,
sobald es anbrechen sollte, würdig zu begrüssen.

In dem schönen Hause, nicht weit von hier,
da ist noch helles Licht im Wohnzimmer, und
harmonische Choral-Akkorde, von mächtiger
Hand angeschlagen, dringen in das Schneewetter heraus.

Als gleich darauf das neue Jahr hier vorbei-
zog, blieb es einen Augenblick wie angewurzelt
stehen, schaute zu dem grossen Mittelfenster
hinauf und horchte andächtig zu. Dann
lächelte es freudig auf, nickte wie zum Gruss
und zog, den eben gehörten Choral: ,,Nun
danket alle Gott!'' vor sich hersummend, viel-
versprechend weiter seine weite Strasse, als ob
es eben den herzlichsten Glückwunsch empfangen hätte. . .

Der Missionar von Blukato.

I.

Hinter der fernen Bergkette ging die Sonne
zur Ruh; bald darauf stieg der Nebel, langsam
und unhörbar; und in die Hacienda Del Norte
zog der Abendfrieden ein. . .

Seitdem der Colonel sie verlassen hatte, war
dort alles seinen gewöhnlichen Gang weiter-
gegangen, ohne dass etwas Besonderes vorge-
fallen wäre. Bill Moss hatte, als der Zuver-
lässigste, die Vormannsstelle überkommen und
regierte das kleine Königreich mit seinen Tausenden von Rindsvieh- und Schafsköpfen nebst
deren Hütern mit ebensoviel Umsicht wie That-
kraft. Er hatte sich von Wang, dem Chinesen
— welcher vor Jahren, ehe er das „Goldland"
für das „Himmlische Reich" eingetauscht,
drüben auf den Strassen von Hongkong als
Barbier des Kopfes, des Gesichts, und als
Ohrenputzer sein Leben gefristet —, sein Haar
und seinen Bart stutzen lassen, was ihm in
seinen eigenen Augen ein seiner neuen Würde
gemässeres, vorteilhafteres und seinem Vor-
gesetzten ähnelndes Aussehen verleihen sollte.
Er drehte seinen Schnurrbart, wie der Colonel

es gethan, nach oben, ritt dessen Pferde und
führte beim Essen den Vorsitz, indem er sich
bequem in den schönen Armstuhl niederliess
und sich ab und zu mit der gestickten Serviette,
die Wang nach alter Gewohnheit immer noch
an den obersten Platz legte, den Mund, den
Bart und, wenn es nötig war, auch die Nase
wischte.

Das Lieblingsgespräch während den Abend-
mahlzeiten drehte sich natürlicherweise um die
abwesende Person des Eigentümers. Eine
Schiesserei mit herumstreifenden Indianern
oder feindseligen Cowboys, oder die Nachricht
eines Viehraubes vonseiten der Mexikaner
wurde mit einigen Sätzen abgemacht, aber
vom Colonel konnten sie sich den ganzen lieben
langen Abend erzählen, und immer wieder
tauchten neue Anekdoten über ihn auf, oder
wurden alte in neue Worte gekleidet, die niemals ihre beabsichtigte Wirkung verfehlten.

Eine besonders beliebte Unterhaltung aber
bietete ihnen Bills Bericht über die Abreise
des Colonels, der Ritt nach der Postkutsche,
der durch das oftmalige Wiederholen eine
erstaunliche, aber nichtsdestoweniger höchst
willkommene Länge erreicht hatte und jedesmal neue Zuthaten und Vervollständigungen
erlitt. Sobald der Erzähler mit seiner Geschichte da anlangte, wo der Colonel und er
sich zu Pferde setzen und davonjagen wollten,
hielt er regelmässig inne, drehte sich den stach-
lichten Schnurrbart wieder in Positur und
wartete auf eine Frage, die hier, allerdings
jedesmal von einem andern, eingeschaltet zu
werden zur Gewohnheit geworden war.

Auch am Abend, an dem wir die uns schon
bekannte Hacienda Del Norte wieder besuchen,
geschah dies.   Die Frage lautete:

„Und was sagte dann der Colonel, als wir
alle aus den Betten geflogen kamen und unsere
Siebenschiesser ausleerten?‘‘

Zunächst folgte dieser Frage eine Stille, die
selbst der Chinese draussen in der Küche er-
fahrungsgemäss nicht wagen durfte, zu unter-
brechen; denn als es sich einmal so unglücklich traf, dass er zu dieser Zeit gerade eine
mächtige Schüssel mit Gemüse hereinzutragen
im Begriffe stand, wurde er mit gar nicht übertrieben sanfter Gebärde mitsamt seinem dampfenden Gericht in einer, wie ihm schien, beispiellos kurzen Zeit in sein duftendes Revier
zurückspediert, dass er lange nachher noch
jeden Knochen spürte und bis zum heutigen
Abend mit umwickeltem Kopf umherschlich.

Als die Pause lange genug gewährt hatte
und das Folgende mit gehörigem Nachdruck
vorgetragen werden konnte, fuhr der Erzähler
fort:

„Ihr wisst ja, wir beide, ich und der Colonel,
wollten fort, ohne dass Ihr es merken und im
Schlaf gestört werden solltet.   ,Bill, sei leise,
ganz leise, dass die Jungens nicht aufwachen!‘
sagte er ab und zu, ,sonst kommt’s ihnen morgen zu hart an, wenn sie den ganzen Tag auf
den Pferden hocken müssen!‘   Wir machten
so schnell wie wir konnten; der Colonel ging
immer auf den Zehen, und ich auch — sehet
so‘, und dabei sprang er vom Stuhl auf und
gab sich alle erdenkliche Mühe, auf den Spitzen
seiner Füsse um die Tafel herumzudefilieren,

was ihm das Blut ins Gesicht trieb und seinen
Kopf, wegen der Verlängerung des an und für
sich schon ungemütlich langen Körpers, mit
der Zimmerdecke in Berührung brachte und
jedesmal einen dumpfen Krach und eine Er-
schütterung des ganzen Gebäudes nach sich
zog. Die Gesellschaft aber folgte mit glitzern-
den Augen dieser sonderbaren Vorstellung, und
als er geendet und sich wieder gesetzt, entwich
ihren rauhen Kehlen ein langgedehntes:

„Hehehe—hehee!"

Doch die Stille war bald wieder hergestellt,
und Bill zog seinen Faden weiter.

„Aber als wir gerade auf den Pferden sassen,
da kamt Ihr herausgedonnert wie eine Herde
Stiere, in die eine Panik gefahren, und machtet
einen Skandal, dass man meinte, die ganze
Garnison von Fort Apache hätte auf einmal
losgedrückt und man es drüben auf der Hacienda Meyer hören konnte. Aber hat das
den Colonel gefreut! Ihr hättet ihn nur lachen
sehen sollen!"

Hier machte der Erzähler ganz selbstverständlich eine Grimasse, die das Lachen des
Colonels verdeutlichen sollte, die aber selbst
diesen leichtgläubigen Zuhörern ein bisschen
übertrieben zu sein schien, denn das Mundwerk des Riesen that sich so unergründlich
weit auf, dass die übrigen Teile des Gesichts
fast vollständig dahinter verschwanden und
sein ganzer Kopf aus einem ungeheuern Schlund
und nichts weiter zu bestehen schien.

Nachdem das Gesicht wieder erschienen war,
fuhr der Eigentümer desselben fort:

„ ,Bill!' sagte dann der Colonel zu mir,

‚Bill! Es ist aber doch grossartig! Vor den
Jungens kann man auch nichts geheim halten.
Die sind so pfiffig und haben ihre Ohren, auch
wenn sie schlafen, so weit auf, *wie ein Elefant!*' "

Die letzten drei Worte rief er gewöhnlich
noch einmal so laut wie die vorhergehenden,
hielt dann plötztlich still und betrachtete sich
die Wirkung, die dieser Passus seiner in seinen
Augen unvergleichlichen Geschichte auf seine
Zuhörer ausübte. Diese waren ausser sich vor
Vergnügen über die Schmeichelei des Colonels,
und einer rief:

,,‚Wie ein Elefant!' sagte er so, Bill?"

,,Ja, ganz gewiss, Jungens, das sagte er:
‚*So weit auf wie ein riesiger, grossmächtiger,
indischer Elefant!*' " verbesserte er sich.

,,Hahaha! Das ist gut! Wünscht' ich
hätt's gehört! Hehehe! Thät meinen neuen
Colt drum geben! — Du nicht auch, Jim?"

,,Ge—wiss! Hehehe—hehee!"

Die Heiterkeit wollte nicht enden. Sobald
einer einigermassen abgekühlt war, bekam der
andere den Lachkrampf und brachte längere
Zeit keine zwei Worte heraus. Endlich er-
mannte sich einer und sagte, während er seine
thränenden Augen mit den wollenen Hemds-
ärmeln wischte:

,,Das war gut! Beste, was ich je gehört
hab'! — Jetzt erzähl' weiter, Bill!"

,,Well, dann ritten wir, ich und der Colonel,
was Hidalgo und Donna laufen konnten, bis
an den Fluss, wo die Stage vorbeikommt. Wir
kamen etwas zu früh, denn es waren noch
keine frischen Räderspuren im feuchten Sand

zu bemerken. Der Colonel schärfte mir dann
noch ein, dass wir seinen Freund, den Missionar
von Blukato, wenn immer er kommen sollte,
recht artig behandeln, ihm sein eigenes Zimmer
überlassen und das Beste vorsetzen sollten, was
die Hacienda bieten könnte. Schliesslich gab
er mir noch Instruktionen, wie ich das und das
zu machen habe, stieg vom Pferde und sagte
mir, ich solle jetzt zurückreiten, Euch einen
schönen Gruss ausrichten, und Ihr solltet Euch
gut vertragen und ihn nicht vergessen — er
thäte Euch auch nicht vergessen.‘‘

,,Ihn — den Colonel vergessen! Thäte eher
vergessen wie man einen Revolver anpackt,
oder dass ich Jim Rogers von Missouri bin!‘‘

,,Ich hab' kein Pferd gesehen, das er nicht
beim ersten Versuch gebändigt hätte!‘‘

,,Und wisst Ihr noch, wie er die zwei Puma
oben in den Felsen auf hundert Schritt mit
zwei Kugeln so tot machte, wie eine Ratze?‘‘

,,Gewiss! Es war am 25. September. Das
könntest Du nicht fertig bringen, Jim, he?‘‘

Der Gefragte gab ohne Umschweife durch
Kopfschütteln zu, dass er das nicht hätte fertig
bringen können, obwohl er als der beste Schütze
im Umkreise von hundert Meilen bekannt war
und früher einmal eine Wette um seinen besten
Winchester gegen einen alten machen wollte,
dass er einen Grashüpfer, der auf der Spitze
einer der fernen Berggipfel sässe, von der Hacienda aus mitten durchs Herz schiessen könne,
— welche Herausforderung damals viel von sich
reden machte, die aber trotsdem niemand
anzunehmen das Herz hatte.

,,Und wie konnte der Colonel schön singen!

Wette der Patrick, oder wie der Kerl heisst,
der einmal in Frisco gesungen und den zu
hören Whistling Joe von der Hacienda Meyer
ein halbes Dutzend Pferde verdorben hat —
ich wette der ist nichts gegen den Colonel!"

„Meinst die Patti — haha! — die ganz
gewiss nicht."

„Er brauchte ja bloss zu pfeifen, da hörten
die Spottvögel bis nach Texas hinein auf mit
ihrem Geschnatter!"

So ging das noch längere Zeit fort, bis einer
es nicht erwarten konnte, den schon so oft
gehörten Schluss von Bills Geschichte zu vernehmen.

„Nun — und bist Du dann heimgeritten,
Bill Moss?"

„Ja — als der Colonel mir das gesagt hatte,
drehte ich um und jagte mit Hidalgo zurück.
Ich hatte meine liebe Not, das Tier mitzu-
zerren; weil es so an den Colonel gewohnt war,
wollte es nicht ohne ihn fort. Als ich beim
Lone Rock angelangt war, hielt ich still und
horchte, ob etwas zu vernehmen war, denn
sehen konnte man nichts. Auch die Pferde
spitzten die Ohren; Hidalgo wieherte und
schlug sich die Flanken ungeduldig mit dem
Schweif. Bald hörte ich die acht Bronchos
schnaufen und das Rädergerappel. Plötzlich
aber verstummte alles — doch nur einen
Augenblick lang, dann knallte Elija Winds
Peitsche und — — —

„Was war das eben? Habt Ihr nichts
gehört? Horcht!" unterbrach Bill seine Erzählung.

Alles horchte auf. Ein unregelmässiger

Pferdetritt liess sich vernehmen, der, obwohl
er dumpf erklang, doch näher zu kommen
schien.

„Hahaha! Was für ein Trott!" platzte
einer laut lachend heraus. „G'rad' wie ein
Kamel!"

„Oder wie eine Antilope, der die Windhunde
die Flechsen an den Hinterbeinen durchbissen
haben!" bemerkte ein anderer.

„Ein lahmes Pferd ist's, Ihr dummen Jungens, nichts weiter!" übertönte sie Bill Moss
mit gewohnter Autorität. „Und es trägt eine
ziemliche Last dazu."

Er fuhr sich mit der Serviette über das
Gesicht und ging zur Thür, nachdem er noch
seinen Revolver aus dem Gürtel gezogen hatte.

„Wer ist da?" rief er mit Donnerstimme.

In dieser Gegend wird stets eine sofortige
Antwort verlangt, wenn nicht der Revolver
dieselbe übernehmen soll. Und prompt kam
die Antwort zurück und zwar in einer tiefen,
weichen Stimme, die in grösstem Kontrast zu
der des Fragestellers stand:

„Der Missionar von Blukato, mein Freund!"

Wie der Blitz drehte Bill sich um, zog ein
erstauntes Gesicht, steckte die blanke Waffe
rasch ins Futteral und flüsterte im leisesten
Tone durch schiefgedrehtem Munde ins Zimmer
zurück:

„Hört Ihr's, Jungens! Der Missionar —
dem Colonel sein Freund!"

Dann verschwand er im Nebel draussen,
während die übrigen sich hinter ihm drein
drängten, ein jeder mit den Worten auf den
Lippen: „Der Missionar von Blukato!"

II.

Ja, ja! — der Missionar von Blukato!

So heisst er am Gila, so heisst er am Colorado; so heisst er in den Städtchen, in den Niederlassungen hüben und drüben; so heisst er dort, wo die kleine Adobehütte sich an den Fuss der Sierra lehnt, und dort, wo inmitten Palmenhainen, im Thale eines lieblich plätschernden Gewässers, die reiche Hacienda steht. Auch dort die Kaktushecke, die mit prachtvollen roten und weissen Blüten bedeckt ist, die von anderswo auf diese stechenden, staubigen Blätter und Stämme gezaubert scheinen, — sie kennt ihn wohl, hat schon oft ihm eine Blume abgegeben, die er als einen Wüstengruss mit sich genommen. Und jene Palme am Horizont hat ihn gar manches Mal beobachtet und ihm Kühlung zuzuwehen versucht, wenn er die sandige, von der Sonne durchglühte Fläche von Horizont zu Horizont auf müdem Ross durchritt. Ja, auch die Sterne und der Mond am azurnen Nachthimmel kennen ihn, und wenn er so allein und schweigsam auf der stillen Bahn einhergetrabt kommt, dann fragen sie sich wohl, ob er sich sehr, sehr einsam fühle, und verdoppeln gar eilig die Stärke ihres Lichtes, damit er den kaum sichtbaren Pfad nicht verfehlen und die drohenden Erdrisse beizeiten sehen möchte. . .

Vor einigen Stunden schon hatte er die Hacienda Meyer verlassen, sein Pferd war jedoch lahm und trottete langsam und mühsam vorwärts; nur als beim letzten Aufleuchten der

Sonne die weissen Gebäulichkeiten von Del
Norte sichtbar wurden, schien bei der Aussicht
auf ein Nachtlager unter Dach und reichlichem,
sich nie dem Ende zuneigendem Futter- und
Wasservorrat der alte Klepper neuen Mut zu
bekommen, denn er hob den Kopf um einige
Linien, setzte seine Augen starr auf das Ziel
vor sich, als ob er fürchte, es sei ein Traum-
bild, das verhauchen könnte, wenn er sich nicht
irgendwie daran festklammere, und klapperte
verhältnismässig flink über den Weg, ohne auf
etwas anderes zu merken.

Und der Missionar freute sich auch!

Er hatte, wie wir wissen, seinen früheren,
jahrelang nicht gesehenen Schulfreund ganz
unerwartet am Tage vor Weihnachten getroffen,
als er auf dem Wege zur Hacienda Meyer war,
wohinzukommen er durch einen reitenden Bo-
ten aufgefordert worden war. Er hatte nicht
die blasseste Ahnung davon gehabt, dass der
hier in dieser wilden Gegend, fern ab von dem
behäbigen Leben der Grossstadt, fern ab von
allem, was dem in vornehmen Kreisen aufge-
wachsenen jungen Freund sonst so unentbehr-
lich gewesen war, lebe, ja, schon seit Jahren
gelebt habe. Er hatte Karl auch nicht gleich
erkannt, als er ihn am Flusse traf und sich von
ihm den Weg zur Hacienda Meyer weisen liess.
Natürlich nicht! Der grosse, kräftige, bärtige,
mit Waffen aller Art ausgerüstete, regelrechte
Cowboy, der das wilde, fast noch zu junge
Pferd mit einer nur durch jahrelanger Uebung
zu erlangenden Geschicklichkeit, wie spielend
lenkte und bezwang, hatte keine Spur von
Aehnlichkeit mehr mit jenem zarten, schmäch-

tigen, verzärtelten Jungen gehabt, der stets in
gewählten Kleidern einhergegangen und nur auf
Pferden geritten war, die extra für ihn zuge-
ritten und geduldig wie ein Lamm gewesen
waren. Aber als er dessen Stimme gehört,
dieselbe Stimme, die ihn früher so oft gerufen,
und dazu in die Augen gesehen, die er früher
schon gerne angeschaut, weil sie so dunkel gewesen und so furchtlos geblickt, da war es ihm
plötzlich ganz sonderbar zu Mute geworden,
die widersprechendsten Gefühle hatten im Nu
seine Seele in Besitz genommen. ,,Wie?
könnte es möglich sein? — Nein, so etwas ist
unmöglich! — Aber doch, die Nase, die Augen, alles ist mir bekannt — und alles wieder
fremd! — Unsinn! das sollte der schwächliche
Knabe von ehedem sein? Nein! — Und doch,
und doch!'' Er war dann ein wenig vorge-
ritten, um ihm besser ins Gesicht sehen zu
können, und ein Freudenruf hatte sich seiner
Brust entrungen, als eine Narbe auf der Stirn,
die sein Freund einst bei einem Fall im Schul-
hofe davongetragen, da sie zusammen gespielt,
die erwünschte Gewissheit verschafft hatte.

,,Was thust Du hier, Karl?'' hatte er gefragt und seine Hand demselben entgegen-
gereicht.

Der Reiter hatte erstaunt sein Gegenüber
angestarrt, aber beim Klang dieser schönen
Stimme hatte auch sein Herz zu pochen angefangen, doch war es ihm unmöglich gewesen,
dieselbe gleich zu platzieren. Es hatte ihm
geahnt, dass es ein lieber Freund sei, den
er getroffen, aber welcher? Das tanzende
Pferd hatte die Erregung seines Herrn am

meisten verspürt, denn es hatte sich unter dem
Schenkeldruck desselben hoch aufgebäumt.

„Was ich hier thue? Ich wohne hier!
Aber — aber Du, wer bist Du eigentlich,
und was thust Du hier?"

„Denke an den Schulhof, wo Du Deine Narbe
bekom —"

„Ah! G—georg?"

„Ja, gewiss — der Missionar von Blukato!"

Karl war sofort vom Pferd herunter gesprungen und hatte die Hand des Missionars in der
seinen gehabt.

„Der Missionar von Blukato bist Du! Ich
habe schon so oft von dem gehört, und kam
doch nie dazu, ihn zu sehen. Aber niemand
kannte hier den Namen desselben, man sprach
nur immer vom ‚Missionar von Blukato'.
Neulich erst traf ich einen Reisenden, der sagte
mir, dass ‚der Missionar' einen Umweg von
vielen Meilen gemacht habe, um ihm einen
Uebergang über den Bergrücken zu zeigen —
und dieser Mann bist Du?" . . .

Darauf waren sie langsam am Ufer des
Flusses entlang geritten, Pferd an Pferd ge-
drängt, und hatten sich ihre Erlebnisse erzählt,
Erinnerungen aufgefrischt aus der Jugendzeit.

„Also Du warst kein einziges Mal zu Hause,
seitdem Du nach dem Westen gekommen?"
hatte zuletzt der Missionar gefragt.

„Nein. Zuerst durfte ich gesundheitshalber
nicht, und jetzt — ich wollte zu Weihnachten
heim — und nur jemand, der jahrelang in der
Wildnis, unter rauhen Menschen, ohne je ein
bekanntes Gesicht zu sehen, gelebt hat, kann
ahnen, wie gern ich gegangen wäre — aber da

kamen die mexikanischen Schurken über den Gila und stifteten Unruhe unter den Herden an. Sie müssen irgendwo einen guten Fang gemacht haben, denn es ist jetzt wieder ruhiger — aber leider für mich auch zu spät!"

„Für Weihnachten freilich, Weihnachten ist morgen; aber bis Sylvester könntest Du immer noch heimkommen!"

„Glaubst Du?"

„Sicher! Wenn Du morgen früh die Stage erwischst, die hier in der Nähe durchkommen muss, und wenn Du zur Zeit für den Zug in B. ankommst — kannst Du noch vor Jahresschluss zu Hause sein."

„Du hast recht — hast recht! Und ich glaube, ich versuch's auch. — Aber wie wär's, wenn Du mitgingest, Du bist schon länger hier als ich!"

„Ich — ich kann nicht, bin kein so freier Mann wie Du. Zumal in dieser schönen Festzeit steht es ganz und gar ausser Frage. Morgen predige ich auf der Hacienda Meyer und dann muss ich einen neuen deutschen Ansiedler in der Nähe des Gila besuchen, der nach mir verlangt hat."

Damit waren die Zwei am Wege angelangt gewesen, der stracks zur Hacienda Meyer führte. Dort hatten sie gehalten.

„Auf alle Fälle aber kommst Du nach Weihnachten zu mir auf die Hacienda Del Norte. Wenn ich wirklich abgereist sein sollte, werden Dich meine Leute als einen Freund aufnehmen. Auch musst Du mir ein-für allemal versprechen, mich zu besuchen, so oft Du kannst."

Der Missionar hatte es ihm mit Freuden
versprochen — und nun stand er im Begriff,
die Besitzung seines Freundes zu betreten.
Fast kam es ihm vor, als sei er der Heimat
ganz nahe gerückt, der Heimat, die er so lange
nicht gesehen und die er so weit entfernt
wusste. Er fragte sich tausendmal, ob Karl
wohl abgereist sei? Er nahm es als selbstverständlich an. Wäre es aber nicht zu schön,
wenn er ihn auf der Hacienda noch vorfinden
würde! Welch unerwartet schöner Schluss
des Jahres würde es sein, wenn er ihn im trau-
ten Gespräch mit seinem Freund verbringen
dürfte. Er hatte tausend Fragen aufgestapelt,
die er auf ihn loslassen wollte, und immer
kamen neue hinzu und vertrieben die alten.
Wo sollte er anfangen, wo enden?

Vertieft in solche Gedanken, merkte der
Missionar nicht, wie sein Pferd eilig in eine
Palmenallee humpelte und instinktsvoll auf das
Gebäude zuhielt, dem ein Lichtschimmer durch
die offene Thür entwich, bis eine Bärenstimme
ihn zum Bewusstsein brachte, der er ohne
Zögern Bescheid gab.

III.

Im Scheine der Stubenlampe, der durch den
Nebel kaum ein paar Schritte weit drang,
wurde ein fast kleiner mexikanischer Pony
sichtbar, auf dem eine Mannsgestalt sass.

„Kalkulier''‘, sagte Bill zu dieser, „Sie kommen von der Hacienda Meyer. Der Colonel
hat uns verzählt, Sie wären dorthin geritten—''

„Zu predigen!" ergänzte einer aus dem her-
zudrängenden Haufen, dem die „spassige"
Sache von damals noch im Gedächtnis sass.

„Ja, ich komme von der Hacienda Meyer.
— Aber sagt mir, ist der Colonel nach Hause
gereist?"

„Heisst das, zu seiner Mutter — ja! Hab'
ihn selbst bis zur Stage begleitet!" sagte Bill
mit grosser Wichtigkeit.

„Also ist er wirklich heim! Ah! das —
das freut mich!" bemerkte der Missionar fast
träumend.

Er freute sich auch wirklich für seinen
Freund und dessen Mutter. Aber seinen
eigenen soeben gehegten lieblichen Traum sah
er zerfliessen in nichts, in Nebel. Nach fünf
Jahren hatte er den ersten Bekannten getroffen,
einen Mann, den er in der Jugend gekannt
und mit dem er hätte von Dingen reden können, von denen kein Mensch in dieser Gegend,
wo immer er auch hingeritten wäre, etwas
wusste. Er hätte sich gern einmal ausge-
sprochen, hätte gern einmal gesungen mit ihm
die alten Lieder wieder, die sie früher zusammen einstudiert. Wie anders hätte das ge-
lautet, als wenn er sie allein, zu der schleppenden
Gangart seines Rosses auf seinen langweiligen
Ritten hersummte! Ja, träumte er, das klingt,
das schallt doch eigentlich sehr verloren auf
der Sandebene, — ein Wüstengesang ist es,
dem das frische Grün fehlt, ein trockener Ton
ist es, in dem kein Leben ist. Er wunderte
sich, dass das ihm erst jetzt so deutlich vor die
Seele trat. Nie hatte er es so empfunden, wie
jetzt, nachdem er diesen Freund getroffen. Es

war, als hätte ihm Karl das Heimweh einge-
blasen. Noch nie war ihm so weich ums Herz.
Zuerst, als er hierher in die Wildnis gesandt
worden war, hatte er sich mit grossem Eifer in
die Missionsarbeit gestürzt, hatte keine Zeit auf
irgend etwas anderes verwandt. Er dachte
nicht ans Heimgehen, nicht an Heimweh, sondern sah nur seine Arbeit, den Zweck seines
Hierseins vor sich. Und so war die Zeit
vorübergezogen — fünf Jahre wohl, oder waren
es mehr? — er hatte es nicht gemerkt. Da
traf er plötzlich seinen Freund Karl — und wie
der Blitz kamen ihm diese Gedanken, sonderbare Gedanken. Auf einmal schien es ihm
eine unermesslich lange Zeit, die er in der
Fremde zugebracht. Er konnte es im Augenblick gar nicht begreifen, wie er es hatte hier
aushalten können, ohne zu vergehen. Er sah
sich auf seinem armseligen Pony durch die
Sandwüsten, durch ein Steinchaos nach dem
andern reiten, Tage und halbe Nächte nicht
ruhend, sein Lager stets wo anders findend
und seine Nahrung in fremder Hütte entgegen-
nehmend. Ah, wie gut, wie bequem, wie
schön hatten es doch die zu Hause. Zu Hause!
Eine heisse Sehnsucht ergriff ihn. Sein Pferd
wollte er spornen und reiten, reiten, reiten,
Tag und Nacht, Nacht und Tag, ohne Aufhören, ohne Rast, bis er dort, dort zu Hause
angelangt sei. . .

Eine Hand berührte seinen Arm. Er blickte
auf — und schämte sich seiner Weichheit. Er
hielt vor dem Hause seines Freundes, alle
Bewohner desselben waren herausgekommen,
ihn zu begrüssen, und er träumte derweil auf

seinem Pferd, das lahm und müde war, und
hörte nicht auf die Fragen des grossen Mannes.

„Kalkulier', Sie sind hungrig, he?" fragte
Bill zögernd zum zweitenmal, denn er wusste
nicht, wie er das Sinnen, das in-den-Nebel-
starren des Missionars deuten sollte. „Steigen
Sie ab und kommen Sie 'rein."

„Danke, mein Freund, danke — sogleich!
Wo kann ich mein Pferd hinstellen?"

Es war dieselbe ruhige, tiefe, weiche Stimme,
die sie vorhin gehört und von der nachher
Watkins behauptete, dass sie wie eine Kugel
„kerzengerade in die Herzmitte 'reinspringe".

„Ihr Pferd besorgt jemand anders!" Und
zu einem nahestehenden Cowboy gewendet,
rief er sofort: „Bringe den Klepper da in
Jumbos Stall und gieb ihm reichlich Futter,
dass er sich ein bisschen 'rausfressen kann —
der sieht ja schlimmer aus als ein halbverhun-
gerter Coyote!"

Der Missionar stieg ab und schritt leichten
Fusses hinter Bill her, die Stufen der Veranda
hinauf. Man konnte seine Gestalt nicht genau
erkennen, und doch waren alle die rauhen
Männer neugierig, wie des Colonels Freund
aussehen möchte. Aller Augen waren daher
auf ihn gerichtet, als er über die Schwelle in
das Essgemach trat. Aber welch ein Erstaunen malte sich auf den Gesichtern ab, als
der nicht gerade grosse aber sehnige junge
Mann in staubbedecktem Habit vor ihnen im
Zimmer stand und, freundlich nickend, sie
begrüsste! Sie hatten bisher nur einen Missionar in dieser Gegend gesehen, und das war
Pater Francesco von St. Bernandino, welcher

auf einem Esel angekommen, dick und fett
war, eine weite Kutte trug und an den Füssen
eine angebundene Sohle. So etwa angethan,
hatten sie sich auch den Missionar von Blukato
gedacht. Aber wie hatten sie sich getäuscht!
Erstens ritt er keinen Esel, zweitens trug er
einen Sombrero, wie sie selbst, ein wollenes
Hemd, graue Hosen, hohe Stiefeln mit Sporen,
und dann hatte er etwas in seinem Wesen, das
an den Colonel erinnerte: man sah nämlich
trotz seinem sonnverbrannten Aeusseren sofort,
dass dieser Mann nicht sein ganzes Leben im
freien zugebracht hatte.

„Sie sind der Missionar von Blukato!" fragte
Bill Moss erstaunt, ihn von oben bis unten
musternd.

„Jawohl, der bin ich, und wie mögt Ihr
wohl alle heissen?" erwiderte der freundlich,
sich im Kreise umblickend.

Es war nicht gerade die Art dieser rauhen
Männer, einen jedem Fremden gleich ihre
Namen beim Eintritt entgegenzurufen und ihm
freundlich zu thun; aber dies war des Colonels
Freund, und ausserdem klang die Frage so
natürlich und selbstverständlich, und der Blick
des Ankömmlings war so herzlich, dass wie auf
Kommando einer nach dem anderen seinen
Namen murmelte, als ob eine unsehbare Ge-
walt sie dazu zwinge.

„Bill Moss von Kentuck'!"

„Jim Rogers von Missouri!"

„Pat Ryan von Viginny!"

„Will Watkins von Connetticut!"

„Blower Bigtoe von Illinois!"

„Hickory George von Can'da!"

„Mike Hill von Frisco!"

„Gab. Goose von Arkansas!"

„Frank Swamp von Louisiana!"

Der Missionar drückte allen die Hand und setzte sich an den ihm angewiesenen Platz. Der Chinese hatte schon ein neues Gedeck an des Colonels Platz gelegt, dampfende Speisen hereingebracht und eine neue Serviette hervorgezaubert, und während Bill Moss wieder an seinen alten Platz hinunterrutschte, liess es sich der Missionar wohl schmecken, nachdem er sein kurzes, stilles Tischgebet gethan.

„G'rad' wie der Colonel!" raunten die Leute am Tisch einander leise sich zu, als sie letzteres unter ihren buschigen Augenbrauen hervor beobachtet hatten. Sie waren bereits fertig mit ihrer Mahlzeit und lagen der Beschäftigung des Cigarettenrauchens und des Waffenputzens ob. Es herrschte eine eigentümliche Stille, die nur hin und wieder durch eine Frage des Missionars und der Beantwortung derselben vonseiten Bills unterbrochen wurde.

Nachdem auch der Missionar gesättigt war, kam gerade der Mann herein, der das Pferd versorgt hatte. Er berichtete, dass er es in den Stall getragen habe, da es kaum mehr habe laufen können. Ein unterdrücktes Lachen zog durch den Raum.

„Ich fürchte, ich muss mich bald von dem braven Tiere trennen; es war jetzt mehr als fünf Jahre mein Begleiter!" sagte der Missionar.

„Sie reiten wohl weit herum?" fragte Bill.

„Ich komme von Blukato, wo ich eigentlich wohne und wo ich öfters bin als wo anders, da dort die meisten Leute sind. Von hier aus muss ich zum Gila hinunter.‘‘

Die Männer sahen ihn gross an. Zu dieser Zeit war die Gilagegend wegen der Mexikaner berüchtigt.

„Kalkulier’, haben eine gute Waffe bei sich?‘‘ fragte einer.

„Versteht sich — die beste, die man haben kann!‘‘

„Einen Colt? So einen?‘‘ und damit hielt der Fragende einen blitzenden Revolver über den Tisch. Das war nämlich eine brennende Frage, welches die beste Waffe sei.

Der Missionar lächelte und sagte: „O nein, mein Freund!‘‘

„Dann wohl einen englischen — hier, diese Sorte?‘‘

„Auch nicht!‘‘

„So einen? — So einen? — So einen?‘‘ fragten sie nacheinander, immer andere Arten zum Vorschein bringend — grosse, kleine, dicke, lange.

Als aber der Missionar immer noch seinen Kopf schüttelte, brüllten sie neugierig im Chor:

„Einen ganz neuen? Ist er wirklich gut?‘‘ Und Jim Rogers von Missouri setzt hinzu: „Trifft er auf hundert Schritt, ohne dabei ein Haar zu sinken? Wenn Sie nichts dagegen haben, kalkulier’, könnten ihn ’mal probieren? — dort an der Wand läuft ’ne Spinne —‘‘

„Meine Waffe, Freunde, ist nicht eine derartige — auch keine neue, sondern ganz alt, ganz alt!‘‘

„Well, well, Jungens, das geht über mein

Hochwasserzeichen — ich geb's auf!" sagte
Watkins, und selbstverständlich schlossen sich
die anderen diesem Bekenntnisse an.

Noch lächelte der Missionar, aber auch ein
tiefgefühltes Mitleid sprach aus seinen Zügen,
indem er sagte:

„Ich habe keine Waffe bei mir, wie Ihr sie
Euch denkt. Sie ist unsichtbar."

Diese Worte verursachten, dass die Augen
erst recht aufgerissen wurden. Es war dies
eine sehr interessante Unterhaltung für sie.
Keiner, ausser dem furchtsamen Pat Ryan,
glaubte in Wahrheit an eine zaubernde
Kraft. Aber dies war seltsam — eine unsicht-
bare Waffe! Ein Bowiemesser trugen viele in
den Stiefelschäften. Das war auch ein alter
Weg, soweit stimmte das. Aber man konnte
da fast immer den Griff desselben erspähen,
wenn man ein wenig scharf hinsah. Also
unsichtbar konnte man die nicht nennen — es
musste etwas anderes sein.

„Well — spuck's aus!" sagte einer, dem's
zu lang wurde und der alle Ceremonie vergass.

„Nun gut", antwortete der Missionar langsam und deutlich, indem er sich weit vorbeugte
und die lauernden Männer über den Tisch mit
festem Auge ansah, „hört wohl auf: *Meine
Waffe ist mein Gebet und mein Schutz Gott im
Himmel!"*

Diese wenigen Worte waren mit einer solchen Ueberzeugung und solcher Festigkeit
geäussert, dass eine tiefe Stille ihnen folgte,
und ein jeder, der seinen Mund zum Lachen
verzogen hatte, unwillkürlich sich zusammen-
nahm und seine Heiterkeit bemeisterte.

Endlich liess sich eine Stimme vernehmen.
Es war die Watkins', des Rätzellösers, der sich
gewohnheitsgemäss in die Sache vertiefte.
Seine Hand fuhr schnell durch den schnee-
weissen, langen Bart, der sich dadurch ins
Unendliche zu verlängern schien und der das
verbrannte, lederartige Gesicht wie zäher
Schaum umrahmte.

„Gott im Himmel", sagte er weise aber ohne
aufzusehen, „well, wenn der im Himmel ist,
kalkulier', dann kann der doch nicht bei Ihnen
sein, wenn Sie über die Buttes reiten und ein
Indianer mit 'nem Winchester hinter 'nem
Steinblock liegt, Herr Missionar?"

Ueber diese philosophische Ausführung ihres
Denkers entzückt, warteten die Männer nun
gespannt, was der Missionar dagegen wohl
sagen könne.

Der aber war nicht im geringsten betroffen,
sondern erwiderte sanft: „Doch, mein Freund,
der ist überall, überall — draussen auf der
Prärie, in der Sandwüste, auf den Buttes, den
Sierras — und auch bei Euch, hier auf der
Hacienda Del Norte, obgleich Ihr ihn nicht
sehet. Ja, Gott ist überall; er hört alles, er
sieht alles, er weiss alles. Er hält alles in seiner mächtigen Hand. — Und was den Indianer
betrifft, dem legt er, wenn er will, eine Schicht
Nebel vor die Augen, oder thut sonst etwas,
dass der nicht zielen oder nicht treffen kann,
oder mich gar nicht bemerkt. Mir hat noch
niemand ein Leids zugefügt!"

„Well, well, das ist sonderlich!" sagte Watkins mit besiegter Miene.

„Das, glaub' ich, hab' ich schon einmal gehört sagen, als ich ganz klein war, oben in Kentuck"', bestätigte Bill Moss, der bis jetzt schweigend dagesessen hatte.

„Was Du nicht sagst!" fiel jemand ein.

„Faktum! Aber ich hab's halber vergessen. Ist auch schon lange her. Mit Mammy ging ich manchmal in die Kirche. — Was sagt Ihr, Jungens", fuhr er plötzlich lauter fort, „was sagt Ihr, wenn uns der Missionar 'mal mehr — davon erzählen thät? Keiner von Euch will jetzt schon zu Bett, he?"

Auf die letzte Frage erfolgte ein allgemeines Kopfschütteln, während die erstere mit einem „Wenn er will!" beantwortet wurde.

Auf eine solche Gelegenheit hatte er gerade gewartet. Nichts lieber als das! Hatte er auch schon die Weihnachtspredigt ein dutzendmal kurz nach einander gehalten — wie sollte die ihm je zu viel werden!

Er blieb sitzen, wo er sass, sprach aber mit beredten, eindringlichen und ernsten Worten von seinem Schutz und Schirm, von Gott dem Schöpfer, Erhalter, Regierer, und seinem einigen Sohn, Jesum Christum, den er in die Welt gesandt, dass er für unsere Sünden leide und sterbe.

Die Umgebung hatte es sich bequem gemacht. Ihre Cigaretten dampften, und sie selbst bliesen Ring auf Ring zur Decke hinauf, oder jagten zwei dicke Rauchwolken durch die Nasen. Hin und wieder rollte einer eine Cigarette mehr und warf sie über die Tischplatte zum Erzähler hin, die dieser dann auch, der Sitte gemäss, ohne weiteres entzündete und zu Asche brannte. Jim Rogers war der einzige, der noch an einem Pistol herumhantierte. Ab und zu schlürfte der Chinese herein, eroberte sich leise ein Gerät vom Tisch und verschwand damit, dabei jedesmal eine entsetzliche Angst ausstehend, mit irgend einem Schuhwerk in unangenehme Berührung zu kommen, oder das Ende eines Lassos auf dem Rücken zu spüren. So still und sanft, wie heute, war es nie zugegangen, seitdem der Colonel fort war. Ja, es war eigentümlich still. Nur ab und an wieherten die Pferde in den Baracken, die den neuen krüppelhaften Ankömmling zu wittern schienen.

Der Missionar sprach lange, und er freute sich über die andächtige Schar, deren Augen auf ihn gerichtet waren, als ob sie etwas ganz neues sähen und hörten, während die braunen Hände in den struppigen Bärten wühlten.

Jetzt aber schwieg er.

„Das war's ganz genau!“ rief nach kurzer Pause Bill Moss aus. „Das ist so'ne Art Rekolliktion für mich. — Und nachher haben sie in Kentuck' gewöhnlich eins gesungen. Hab' das Lied vergessen, aber die Melodie kann ich noch ein bisschen — pfeif' sie mir manchmal vor, wenn ich so meinen ‚Round‘ mache. Sie geht so: —“

Und er pfiff unsicher und sich oft korrigierend einen alten Choral vor sich her.

„Kennen Sie das?“ fragte er den Missionar, als er mit einem Misston geendet hatte.

„Gewiss — wenn Ihr wollt, singe ich ihn Euch vor.“

„Ja — geben Sie uns einen Gesang!“

Nun sang der Missionar den alten, schönen

Choral, dass es weithin hallte. Und Bill Moss,
glücklich, dass sein lang gehegter Wunsch,
diese Melodie noch einmal zu hören, um sie
sich von neuem einzuprägen, erfüllt werde,
brummte mit und trat den Takt mit seinen
langen Tatzen dazu, die mit grosser Wucht auf
Watkins' gegenüberliegenden Zehen nieder-
fielen, was der aber nicht bemerkte, weil er für
den Augenblick in jenem Körperteil kein Gefühl hatte.

„Jungens, das war etwas Feines", sagte der
Riese, als der letzte Vers erklungen. „Ich,
meine, wir sollten dem Missionar drei ‚Hurra‘
geben, was sagt Ihr? So'ne Erzählung haben
wir noch nicht gehört, und so'n Gesang! Er
soll's noch öfter thun, mein' ich — he?"

Sie standen schon Mann für Mann, gross
und klein, und liessen durch ihre Kehlen einen
donnernden Applaus gleiten.

Das war auch zugleich das Zeichen, dass die
Sitzung aufgehoben sei. Es war schon spät
geworden und der Missionar, von Bill Moss
begleitet, zog sich in das für ihn bestimmte
Gemach des Colonels zurück, das der Chinese
hergerichtet hatte.

„Kalkulier', Sie bleiben noch einige Tage
hier?" sagte Bill, als er das Licht auf das
Tischchen gestellt.

„Dieses Mal kann ich nicht länger verweilen
— ein andermal. Morgen früh muss ich
weiter."

„Wie Sie wollen. Aber wenn Sie wieder
kommen, hab' ich 'ne Orgel von Frisco hier —
dann geht's um so besser — der Gesang —
nicht wahr?"

Und im höchsten Grade über diesen seinen
ausgezeichneten Einfall verwundert, verliess er
mit grinsendem Gesicht das Zimmer und machte
geräuschlos die Thür hinter sich zu.

IV.

Es war, als könnten sie sich heute nicht
trennen; sie sassen noch immer beisammen.
Kein Wort wurde zuerst gewechselt. Ein
jeder wickelte sich noch eine Cigarrette und
dampfte drauflos, als ob's die erste wäre, die
zwischen den Lippen stecke. Sie schienen
samt und sonders in Gedanken versunken zu
sein, und so verschieden sonst wohl diese Gedanken waren, heute liefen sie allesamt auf eins
hinaus. Dies zeigte sich, als die Cigaretten
etwa halb aufgeraucht waren, denn da brach
einer das Schweigen in gedämpftem Tone:

„Ohne 'nen Colt, Jungens, denkt Euch!"

„Das ist der tapferste Mann zwischen der
Sierra und den Rockies!" sagte ein anderer.

„Kalkulier', 's ist so!" stimmten sie alle bei.

„Was sagt Ihr, wenn wir ihm eine Kleinigkeit mitgeben würden?" fragte Bill fast
unhörbar.

„Hast recht, er kann's brauchen; hab'
gesehen, sein Stiefel hat'n Loch und sein
Sombrero braucht'n neues Band!" erwiderte
Watkins und schnürte schon seinen Beutel los,
und nachdem er dies gethan, fügte er hinzu:

„Hier ist ein neuer von starkem Leder!"

Er liess drin, was drin war und reichte ihn
weiter. Ein jeder that hinein, was er bei sich

hatte. Nachdem dies geschehen war, holte
Watkins aus der Küche eine Tüte, deren Inhalt er vorher einfach auf einen Tisch ausge-
leert, riss ein Stück Papier davon ab, nahm
dann seine Brille, der kürzlich ein Stier eins
der Gläser ausgestossen, aus der Tasche, putzte
das übrig gebliebene Glas mit seinem abge-
schabten rotseidenen Halstuch, liess sich eine
Kohle vom Küchenherde bringen, und indem
er sich weit über den Tisch legte und Bill Moss
ihm das Auge zuhielt, vor dem kein Glas war,
schrieb er mit grosser Sorgfalt, bei jedem
Buchstaben sich besinnend, die Worte darauf:
„*VON UNS.*"

Mit Spannung und grosser Ehrfurcht sahen
die übrigen dieser Kunst zu. Als die Auf-
schrift glücklich zustande gekommen war,
wurde es zu dem Geld in den Beutel gestopft.

„Mach' ihn morgen am Sattel fest!" sagte
Bill Moss, ihn in Gewahrsam nehmend.

„Kalkulier', 's ist der beste Weg!"

Bald darauf schlichen sie leise, als ob sie ein
Unrecht gethan, hinaus und verzogen sich in
ihre Gemächer.

V.

Den Missionar beschlich ein Gefühl der
Heimlichkeit, als er in das nicht übermässig
grosse aber luftige Schlaf- und Wohngemach
seines Freundes trat. Darin stand ein nie-
deres, schmales Bett, bequeme Wiegenstühle
und ein grosses Regal mit Büchern und alten
Zeitschriften. An den Wänden hingen pracht-

volle Gewehre, und aus Messern, die in Leder-
schlingen steckten, war ein Rad hergestellt,
das im Scheine der Lampe blitzte. Aber den
eigentümlichen Eindruck riefen die Waffen
nicht hervor — die sah er alle Tage — sondern
die Bilder thaten es, die Bilder, die da und
dort aufgehängt waren, und die die Eltern und
Geschwister Karls darstellten.

Er sah sich jedes genau an, indem er mit der
kleinen Lampe von dem einen zum andern
ging. Er hatte sie alle gekannt, und war
dabei, als man sie kurz nacheinander zu Grabe
trug. Und er bedauerte die zwei Ueberleben-
den, die auch nicht beisammen bleiben durften,
obschon sie noch lebten.

Wenn er selbst, der Missionar, auch in der
Ferne war, das machte nicht so viel aus. Wohl
waren seine Leute erst sehr betrübt gewesen,
als sie erfuhren, dass er in die Wildnis solle;
sie hatten ihn im Geiste schon auf der Kanzel
eines netten Kirchleins gesehen. Aber das
war schon lange her, und da er wie geschaffen
zu diesem beschwerlichen Dienste war, man
auch hin und wieder hörte, das Segen auf seiner
Arbeit ruhe, war man bald ganz glücklich und
zufrieden in dem kleinen Hause daheim. Es
war ja überdies noch voll genug! Wie viel
Geschwister waren es denn gleich, ausser ihm?
Er musste sie erst an den Fingern herzählen.
Ah, eine ganze Masse kleiner Wesen! Kleiner?
Sie mussten jetzt auch schon herangewachsen
sein. Therese, die dunkellockige Therese, kam
nach ihm und musste das zwanzigste Jahr
gewiss erreicht haben. Ja, was schrieb sie ihm
denn kürzlich?

Er stellte die Lampe hin, grub in seinen Taschen herum, bis er das gewünschte Schriftstück aus einer derselben zog. Dann setzte er sich in einen Wiegenstuhl und fing an, es nochmals durchzulesen.

Dasselbe lautete:

Mein lieber Bruder!

Diesmal habe ich's übernommen, Dir den fälligen Brief zu schreiben, und zwar hauptsächlich deshalb, um Dir ein klein wenig die Leviten zu lesen. Erstens behandelst Du uns immer noch wie die kleinen Mädchen, die wir waren, als Du von hier weggingest. Dies ist nun ganz und gar verkehrt, denn wir sind jetzt junge Damen mit dem Titel „Frl." und ausserdem sehr gross, so gross beinahe wie Du. Wir haben uns nämlich erst heute wieder an dem Pfosten gemessen, wo Deine Höhe angegeben ist. Sophie ist um ein Haar so gross wie Du, ich um einen Zoll kleiner und Martha einen halben kleiner als ich — kannst also nimmer über uns wegsehen. Wir bitten daher, dass Du unsere Höhe gehörig respektierst und in Zukunft nicht mehr als von „den Kindern", sondern als von deinen „Fräulein Schwestern" sprichst. Zweitens will ich mich im Namen meiner Fräulein Schwestern beklagen, dass Du so spärlich mit Deinen Einladungen bist. Ich kann mich wirklich nicht besinnen, dass Du uns je eingeladen hättest, Dich zu besuchen. Das ist ganz und gar nicht galant, mein Verehrtester! Und Du schreibst auch nie, ob es Dir in Deinem Logie gefällt, wie Dir das Essen schmeckt, ob der Kaffee gut ist, oder ob

Ihr dort mehr Chokolade trinkt; ob Dein
Zimmer immer nett und sauber ist und Deine
Wäsche immer weiss gewaschen und glatt und
steif gebügelt ist. Wir können das alles aus
dem ff, wenn Du's wissen willst, und thäten
Dir's nur zu gern besorgen, wenn Du es nur
haben wolltest. Sophie und ich haben letzte
Nacht vor dem Schlafengehen beraten, auf
eigene Faust zu kommen und Dich aufsuchen,
haben nur Angst, die Eltern lassen uns nicht.
Wir würden Dich überraschen, weisst Du, und
Dir gar nichts davon schreiben. Wir denken
es uns so schön, durch den Sand zu reiten und
über die Berge zu gehen! Und Du müsstest
uns dann gewiss alles Schöne zeigen, das in
jener Gegend existiert. — Drittens, mein lieber
Bruder, muss ich Dir ins Gedächtnis zurück-
rufen, dass Du uns vor vielen Jahren einmal
gesagt hast, Du würdest uns, wenn irgend
möglich, alle fünf Jahre besuchen. Diese Zeit
ist um und wir warten nun auf Dich. Wir
denken, Du willst uns überraschen und gerade
zur Thür hereinkommen wollen, wenn wir im
Waschornat stecken. Wir machen uns daraus
eigentlich gar nichts, sind aber doch immer so
schnell fertig, dass es Dir nicht möglich wäre,
uns dabei zu ertappen. Jeden Abend gucken
wir erst in Deine Kammer, ob alles in Ordnung
ist, und Deine alte, kleine Tabakspfeife haben
wir ausgekocht und geputzt; sie liegt nun auf
dem Tischchen, wofür ich eine Decke gehäkelt
und auf den Sophie einen grossen Beutel voll
Tabak gestiftet hat. Papa lacht uns immer
aus, aber wir wollen uns nicht so leicht fangen
lassen. Ich schreibe Dir dies gewiss nicht aus

Stolz auf unsere Leistung, sondern damit Du
siehst, dass wir immer an Dich denken und —
dass wir nicht mehr jene kleinen Dinger in den
kurzen Röcken sind, die wir damals waren, als
Du fortgingst.

Da es aber schon spät ist, muss ich jetzt aufhören. Will nur wünschen, dass mein grosser,
guter Bruder-dies bald bekommt und bald beantwortet und Rede steht. Wir wünschen Dir
recht fröhliche Weihnachten und ein glückliches neues Jahr.

Und nun lebe wohl, mein geliebter Bruder.
Es senden Dir einen innigen Gutenachtkuss
Deine Dich verehrenden *grossen* Schwestern

Sophie und Therese.

Nachschrift. Hiermit geht ein kleines Päck-
chen an Dich ab — aber was drin ist verrate
ich nicht. Hoffentlich kannst Du's brauchen!

Nachschrift Nr. 2. Sophie ruft mir noch
aus den Federn zu, dass Du sie so lange Du
willst ein „kleines Ding“ nennen könntest,
wenn Du nur schreiben würdest, dass Du bald
kommst.

Der Missionar hatte diesen Brief gerade bekommen, als er von Blukato aufbrechen wollte,
um seine Weihnachtstour anzutreten. Er hatte
ihn flüchtig durchflogen, ihn dann in die
Tasche gesteckt, und erst jetzt sich seiner wieder erinnert.

Nachdem er ihn zu Ende gelesen, steckte er
ihn ein, und als er eine Weile vor sich hin-
geschaut, sagte er lächelnd: „Wenn die guten
Mädchen mich so sehen würden, sie würden
mich nicht als ihren Bruder erkennen!“

Seine Augen musterten die arg mitgenom-
menen Kleider und blieben einen Augenblick
an seinen Stiefeln hängen, die nicht mehr
wasserdicht waren und mehrere Sprünge zeigten.

Heimkommen solle er! Hatte er doch kaum
Geld genug, um sich über Wasser zu halten,
wie man zu sagen pflegt. Er würde einen
neuen Anzug nötig haben, denn der alte war
bald schon nicht mehr für diese Gegend
passable. Und selbst wenn er die Mittel hätte,
wer würde seine Arbeit thun? Nein, selbst
dann könnte er nicht fort. Aber schön wäre
es, Therese, das kann man nicht läugnen — zu
schön! . . .

Und ihr hierher kommen! Haha! Das
steht erst recht ausser allem Bereich. Diese
Gedanken wollen wir uns aus den Sinn
schlagen!

Er blies das Licht aus und trat ans Fenster,
um dasselbe zuzumachen. Es hatte sich ein
Wind erhoben, vor dem der Nebel auf und
davon ging. An seiner Statt lächelte der
Mond in heller Pracht vom Himmel hernieder
auf die schweigsamen Gefilde. Man konnte
deutlich die Palmblätter unterscheiden, die
sich, riesigen Fächern gleich, im Zuge hin und
her bewegten, während der Weg, auf dem der
Missionar hergeritten, sich unendlich weit hin-
zog, unendlich weit!

Da sah er auch zwei abenteuerlich aussehende
Figuren, mit Gewehren im Arme, herkommen.
Das waren die Männer, die die Nachtwache bei
den Baracken hatten; erst seitdem Jumbo gestohlen, war diese Vorsichtsmassregel ein-

geführt worden. Als sie unter dem Fenster vorbeigingen, sagte einer derselben:

„Kalkulier', dem Mond nach zu urteilen muss jetzt das neue Jahr angaloppiert kommen. Er steht gerade über dem Devils Pass. Aber so'ne schöne Nacht haben wir lange nicht gehabt!"

„Faktum!" entgegnete der andere, indem er seinen Winchester auf die andere Schulter warf. „Und unser Colonel wird jetzt bei seiner Mutter sein, Tausende von Meilen jenseits des Passes!"

Sie entfernten sich den Ställen zu.

Der Missionar schloss das Fenster und legte sich nieder.

VI.

Es dämmerte. . .

In den Baracken wurde es lebendig. Pferdegewieher erscholl; dazwischen dröhnte die Stimme eines Cowboys, der beim Satteln auf Widerstand vonseiten seines Tieres traf, und der diesem nun mit einigen Fusstritten nebst anderen ähnlichen Liebeserweisungen entgegen kam.

Als der Missionar von Blukato auf die Veranda trat, wimmelte der Platz vor derselben bereits von gesattelten feurigen Pferden und deren Reitern. Der letzte, der aus den Ställen kam, war Bill Moss. Er führte ein tanzendes junges Tier am Zügel, das sich von den übrigen in Bezug auf Körpergrösse und Geschmeidigkeit vorteilhaft unterschied. Sein edles Auge

sprühte von Lebenslust und Mut in dem hocherhobenen Kopf, die schlanken Beine warf es
blitzschnell vorwärts, die Nüstern blies es auf,
und sein langer, voller Schweif hieb keck die
sehnigen Flanken.

Die Hacienda Del Norte thut sich etwas zu
gute darauf, die besten Pferde in der Gegend
zu besitzen. Der Colonel gab sich gern mit
Pferdezucht ab, und hatte zu dem Ende einige
Vollblut-Kentuckier angeschafft, wovon er eins
Bill Moss zum Geschenk für seine vortreff-
lichen Dienste gegeben hatte. Dieses hatte
derselbe mit dem Sattel und Zaum des Missionars versehen und kam nun mit ihm im Trab
vor die Veranda gesprungen.

Der Missionar stutzte.

„Das ist mein Sattelzeug", sagte er, „aber
mein Pferd ist das nicht!"

Die Cowboys zogen ihre Sattelgurte fester,
die wollten heute auch gar nicht halten! Dabei schielten sie alle auf den Missionar, ob er
wohl den Beutel und den in ledernem Besteck
befindlichen Revolver, den Jim Rogers noch
nachträglich aus seinem Arsenal hergegeben,
um, falls des Missionars Waffe einmal versagen
sollte, gleich bei der Hand zu sein.

„Kalkulier', 's ist gut, wenn Ihr Pferd aus-
ruhen thut! Können es ja wieder haben,
wenn Sie wollen, Herr Missionar!" antwortete
Bill.

„Ah, Ihr seid zu gut! Die Ruhe wird meinem alten Pony gut thun. Doch hättet Ihr
mir ein weniger wertvolles Tier geben sollen.
Dieses ist fast zu kostbar für mich! Ein Pracht-
pferd! Ich habe hier noch kein ähnliches

4

gesehen!" Er streichelte dem schönen Tiere
den Hals.

„Ein Kentuckier — Don Jorge!" sagte
Bill stolz. „Der reitet sich gut — versuchen
Sie ihn einmal!"

Der Missionar wollte in den Sattel steigen,
da stutzte er abermals.

„Was ist das? — hier! — der Beutel! — die
Waffe! — das gehört mir nicht!"

Die Cowboys zogen noch immer an den Gur-
ten, als wollten sie Wespentaillen herstellen,
infolgedessen die Pferde vor Schmerz zitterten
und stampften.

„Das ist von den Jungens! Es ist eine
Kleinigkeit . . . vielleicht können Sie's ver-
wenden!" sagte Bill verlegen, als der Missionar
ihn unverwandt anblickte.

Zum Glück kam gerade ein Mann mit Bills
eigenem Satteltier her, warf diesem die Zügel
zu und meinte, es sei Zeit, aufzubrechen, die
Sonne käme schon und die Nachthüter warteten gewiss mit Schmerzen auf Ablösung.

„Dann nehmt meinen herzlichsten Dank
dafür — und Gott vergelt's Euch allen!"

Er drückte jedem die Hand, trat in den
Bügel und sprang mit leichter Mühe hinauf.
Ein paarmal tanzte das Tier im Kreise herum,
dann fühlte es den Meister. Aber lange liess
es sich nicht halten. Der Reiter lüftete den
Hut noch einmal, rief „Lebt wohl!" und war
fort.

Die Männer sahen jetzt plötzlich auf und
die Gürtel sassen fest.

„Das ist ein anderes Tier als sein alter, lah-
mer, klapperiger Coyote!" bemerkte einer.

„Sollt's meinen! Seht wie er trabt!" so
ein anderer.

„Sag' Dir, Bill, wenn ich Du wäre — ich
liess es dem Missionar für immer; der hat's
nötig. Auf dem andern kommt er ja nicht
vom Fleck!" meinte Watkins.

„Als ob ich das nicht thäte auch ohne Deine
Weisheit!" sagte der, der Staubwolke nach-
sehend. „Aber es ist ein feines Tier — eh?"

Er bekam keine Antwort; denn als er sich
umdrehte, sah er auch dort eine Wolke, in der
seine Untergebenen, die den Herden zurasten,
wie Geister auf und ab wogten.

Bill Moss sprang auf und grub seine Sporen
tief ein in die Weichen seines Rosses. . . .

VII.

Der Missionar aber ritt in gleichmässigem
Tempo über die Ebene. Zuerst war sie schön
und grasbedeckt, dann aber wurde sie sandig
und trocken, dann steinigt und hart. Aber
gleichmässig ging es weiter, über Stein und
Kaktus und Salbeibusch hinweg, an einzelnen
Palmen vorbei — hin, nach dem Gila.

Die Sonne kam wirklich über die Berge im
Osten. Höher und höher stieg sie herauf und
fand den einsamen Reiter immer in rascher
Bewegung unter sich. Sie sah von ihrem
hohen Standpunkt aus natürlich Tausende von
Menschen, aber er, der kleine Punkt, erblickte
nichts, das einem Menschen glich, und wie weit
doch konnte er sehen!

Der Missionar sass zu Pferd, wie nur einer

kann, der tagelang im Sattel sitzt. Leicht
nach vorn gebeugt, richtete sich sein Körper
nach den Bewegungen des Tieres, so dass von
weitem Pferd und Reiter wie ein Wesen erschienen. Er freute sich des trefflichen Tieres
unter sich, noch nie hatte er ein solches geritten. Da war kein Nachgeben der Muskeln
zu verspüren nach den ersten zehn Meilen,
auch nicht nach zwanzig. Da war kein Er-
löschen des Feuers, keine Verminderung des
Mutes. Gazellenartig sprang es über Gestein
und Gestrüpp hinweg, ohne dazu erst aufge-
muntert zu werden. Einen Bach zu durch-
waden erforderte kein Zureden, keinen Knie-
druck — ganz selbstverständlich stürzte es
hinein, durchschritt ihn und erklomm das jen-
seitige Ufer.

Die gleichmässigen Bewegungen des Tieres
hatten aber die Gedanken des Reiters bald
wieder in den schönen Traum eingewiegt, den
er in den letzten Tagen angefangen und der
durch das nochmalige Durchlesen des Briefes
seiner Schwester erst recht lebhaft geworden
war. Wie schön musste es doch sein, so von
Schwesternliebe umgeben zu sein, die um das
Wohl ihres Bruders mehr besorgt waren, als
um das eigene. . . . Diese Therese! Er musste
ihr doch einmal über seine Verhältnisse ein
Licht aufstecken. Was fragte sie? Ob der
Kaffee gut wäre, oder ob ich mehr Chokolade
bekäme! Höre, mein lockiges Schwesterchen:
was ich bekomme, das nehme ich! Und mein
Logie in Blukato? . . Ich hoffe, du siehst das
nie in deinem Leben! Die schiefe, armselige
Bettstelle, der verkratzte Tisch, der lehnelose

Stuhl, das kleine, ewig schmutzige Fensterchen
und darunter die nie ausgepackt wordene
Bücherkiste, deren Inhalt zu verschlingen ich
mir früher so wundervoll gedacht — bei einer
langen Pfeife, im gemütlichen Schlafrock! . . . .
Und wie lange ist's her, seitdem ich kein steif-
gebügeltes weisses Hemd im Dienste hatte?
Ich kann mich nicht entsinnen — denn lange
ist's her. Ich glaube gar nicht, dass ich mich
wohl fühlen würde, in einem solchen gestärkten
Institute. Hier diese wollene Bedeckung ist
vollkommen ausreichend, wird nicht so leicht
unbrauchbar schmutzig und hält zweimal so
viel aus. . . . Und doch, es käme bloss 'mal auf
einen Versuch an — dann würden aber auch
diese anderen Kleider nicht mehr passen, diese
Stiefeln . . . Dummes Zeug! Schämen sollte
ich mich über diese Gedanken! . . .

Doch war es ihm nicht möglich, sie abzu-
schütteln — immer wieder kamen sie; so viel
er sich auch anstrengte, etwas anderes zu denken, etwas anderes zu suchen — immer wieder
kamen sie. Einmal guckte ihn der Lockenkopf Thereses an, dann winkte ihm Sophie mit
einem Lächeln, die alte Tabakspfeife an dem
roten Bändchen in der hocherhobenen Rechten
schwingend. . . .

Er langte an einem kleinen Bache an, dessen
krystallene Fluten leise flüsternd im kiesigen
Bett an ihm vorüberhuschten. Sein Pferd
mässigte die Gangart und blieb plötzlich stehen.
Es hatte Durst. Da die Sonne im Zenith
stand, nahm er an, dass er an St. José Creek
und somit halbwegs sei. Er stieg ab, um
einige Erfrischungen zu sich zu nehmen.

Wie vergesslich er war! Erst jetzt bemerkte
er den Beutel wieder! . . . Wie viel wohl darin
ist? Was wohl darin ist? Er hing, dick auf-
gebläht, schwer herunter. Es schien, als ob
nicht bloss Münzen drin seien. Er nahm ihn
herunter, öffnete ihn, und — war sprachlos.
Zu oberst lag ein blanker, silberner Sporn,
dann bemerkte er einen braunen, mit Finger-
spuren gezeichneten Zettel, auf dem die mit
Kohle geschriebenen, kaum lesbaren Worte
,,Von uns!" gemalt waren, — und dann
Münzen, goldene Münzen!— er hatte noch nie
so viele gesehen und nur Leute, die den wahren
Wert des Geldes nicht genau kannten, konnten
so freigebig damit sein. Sie hatten offenbar
vom Colonel, ehe er abreiste, einen Teil ihres
Gehaltes ausbezahlt bekommen, und vielleicht
in ihrer guten Stimmung alles hergegeben.

Dies berührte den Missionar tief und brachte
ihn auf den Gedanken, ob Gott, der gütige
Vater, sein geheimes Sehnen nach dem Vater-
hause erforscht und dies viele Geld ihm ge-
schenkt hatte, damit er seinen Herzenswunsch
ausführen könne? . . Nicht augenblicklich —
erst nach der Festzeit, wenn er allen seinen
Freunden nah und fern die fröhliche Botschaft
gebracht und die Freude verkündigt, die ja
aller Welt widerfahren soll.

Ja, plötzlich wurde ihm das zur Gewissheit.
Es war ein herrliches Weihnachtsgeschenk,
ein herrlicher Gedanke! Er konnte sich alles
anschaffen, was er brauchte, und dann nach
Hause reisen! Wie schnell war er zum reichen
Manne geworden! — in einer einzigen Nacht!
. . . Zum reichen Manne — nicht im Sinne

eines Geschäftsmannes, sondern in dem eines
armen Missionars.

Er sprang vor Erregung auf die Füsse und
rief seinem Pferd, als ob er dem seine Freude
mitteilen wolle.

Hier fiel es ihm ein, dass er den Brief seiner
Schwester jetzt beantworten könnte, damit er
denselben im nächsten Postbureau — wahrscheinlich eine kleine Schachtel auf wurm-
stichigem Pfosten in der öden Prärie — sofort
abzugeben bereit sei. Deshalb entnahm er
seiner Satteltasche einige Bogen und schrieb
mittelst eines Bleistiftes folgende Zeilen, wobei
ihm sein Knie als Unterlage diente:

Liebe Therese!
Schneller als ich hoffen durfte, hat mir Gott
die Mittel in den Schoss geworfen, womit ich
die grossen Kosten einer Reise nach Hause bestreiten kann. Und Du glaubst nicht, wie ich
mich darnach sehne! Seitdem Karl —, den
ich hier ganz unerwartet traf, heimgereist ist,
kann ich mein Heimweh kaum mehr bändigen.
Ich muss einmal heim! Aber erst nach den
Festtagen, die für mich sich noch einen Monat
oder zwei hinziehen werden. Bin jetzt auf dem
Wege zu einer neuen deutschen Hacienda, von
der ich habe läuten hören.

Ich schreibe Dir dies inmitten einer uner-
messlichen Sand- und Steinebene, dessen einzige Anziehungskraft das silberhelle Bächlein
ist, an dem ich mich gelagert habe, und die
niedlichen Spinnen und Schlangen, die hin
und wieder vor mir herkriechen und mich ver-
wünschen, weil ich sie in ihrer Ruhe gestört.

Mein Pferd zupft ein paar Grashalme ab, die im Schatten eines Riesenkaktuses sich ihres Daseins gefreut haben. Es ist ein wundervolles Tier, aber so nass geschwitzt, als ob es aus der Schwemme käme. Ein gutmütiger Cowboy auf Karl —s Hacienda hat es mir zur Verfügung gestellt, da mein eigenes untauglich geworden war.

Die Sonne brennt heiss, kaum dass mein Sombrero mich schützt. Aber wie lieblich kommt mir das vor, seitdem ich weiss, dass ich bald bei Euch sein werde und Euch meinen braunen Kopf und Hals und die braunen Hände zeigen kann! Sie sind so tadellos gefärbt, das man mich drum beneiden wird!

Ihr werdet aber Eure liebe Not haben, mich wieder herauszustaffieren und zu zivilisieren. Und ich fürchte, ich werde auf dem harten Boden schlafen müssen, wenn Ihr zu viel Federn in mein altes Bett stopft — ich bin das nicht mehr gewohnt.

Aber gelt, Du kleiner — oder vielmehr Du grosser Lockenkopf, gelt, Du sagst davon den andern nichts! Die werde ich einmal überraschen! Dir schreibe ich's auch nur, weil ich meine Freude darüber irgend jemandem mitteilen muss, und bei mir hier ist nur mein Pferd.

In Ermanglung einer Blume lege ich ein Sandkörnlein mit ein — das soll Dir einen Gruss sagen von Deinem Bruder

Georg.

Ohne das Schreiben noch einmal durchzulesen, that er es in einen Umschlag, adressierte diesen und steckte ihn ein, auf eine Gelegenheit wartend, mit der er ihn abschicken konnte. Darauf befestigte er den Beutel wieder an dem Sattelknopf, füllte seine Wasserflasche, zäumte sein Pferd auf und ritt weiter, immer weiter.

Er war in gehobener Stimmung. Nie, schien ihm, waren die Sand- und Gras- und Steinstrecken so lebhaft, so schön; nie vorher sah er die Berge so nah vor sich; nie vorher ritt er ein so schmuckes, edles Ross, das nur so flog. . . . Und nun wehrte er sich auch gar nicht mehr gegen die Gebilde seines erregten Gemütes. Er schaute nicht wo anders hin, wenn der dunkle, schöne Kopf seiner ältesten Schwester unmittelbar vor ihm auf dem Sand hinrollte, wenn das graue Haupt seines Vaters, oder dasjenige seiner geliebten Mutter sich zwischen ihn und die fernen Berge schob. Zuweilen hörte er auch plötzlich den schrillen Pfiff einer Lokomotive — noch nie hatte ihm geahnt, welch schöne Musik in einer kleinen Dampfpfeife verborgen sei! . . . Er sah sich einsteigen und der Heimat zufliegen — schneller als irgend ein Wüstenross. Er fühlte, wie die Witterung sich änderte, wie die Wärme der Kälte, wie das Grün den kahlen Flächen und dem Schnee wich. Er verspürte einen wohlthuenden kalten Luftzug, der ihm die Schweisstropfen, die ihm vom Gesicht kollerten, bald wegschaffen würde. . . . Er trat im Geist sogar an den Laden seines Vaterhauses, öffnete die Jalousieen und blinzelte hinein. Drin sassen sie alle, der Vater, die Mutter, die Schwestern, im Gespräch vertieft, um den runden Tisch. Sie sprachen natürlich von ihm —

wie es ihm ergehe, und ob er wohl endlich, endlich kommen würde. Dann that er die Thür auf und — nun, da war er! . . .

Der Missionar von Blukato lachte laut auf bei dem Gedanken, und sein Pferd, als ob es sich mitfreue, spielte lustig mit den Ohren und trabte ohne Ermüden dahin. Dazu klimperte das Geld im Beutel eine ermunternde Weise; etwa so:

Heim! heim! heimheimheim!
Heimheimheim! Juchhe—ee!

Und wie schnell schwand ihm dabei heute die Zeit! Die Sonne hatte schier ihren Tageslauf vollendet, da wieherte Don Jorge einigemale, wie zu sich selber sprechend, vor sich hin. Der Reiter schaute auf und gewahrte die bewusste Hacienda in der Ferne.

VIII.

Man sieht weit in der Ebene, zumal wenn die Luft rein ist und die Sonne heiss und hell. Einen Fremdling lügt sie an und sagt ihm vor: „Sieh! gleich, gleich bist du am Ziele!" und er muss dann doch noch stunden-, ja, tagelang wandern, bis er dorthin gelangt.

Von dem Hause des Ansiedlers hatte man schon lange den Reiter beobachtet, wie er mit Windeseile auf dasselbe zuhielt.

Das Haus hatte lange nicht den Umfang, wie das des Colonels, auch die Stallungen waren klein im Verhältnis, und man sah an allem, dass es neueren Datums war.

Seit einem halben Jahre erst hatte der

Deutsche sich hier angekauft und eine Strecke
Land in der Nähe für sein Vieh gepachtet. Er
hatte einen guten Anfang. Sein Vieh gedieh,
und da er ein halbes Dutzend stämmige Söhne
hatte, waren die Auslagen nicht gross.

Vor einigen Wochen aber hatte sich eines
Nachts die ganze Herde verlaufen — auf Nimmerwiedersehen. Die Spuren führten nach
dem Süden, nach Mexiko. Die mexikanischen
Räuber, dieselben, die das wertvolle Pferd des
Colonels — Jumbo — wegstipitzt hatten, hatten sich auch diesen fetten Brocken zu Gemüte
gezogen und lachten sich drüben, auf der andern
Seite des Gila, eins ins Fäustchen. Sie waren
verfolgt worden, es hatte ein kleines Schar-
mützel gegeben, aber sie waren zu zahlreich
gewesen, als dass man etwas ausrichten hätte
können.

So war man nicht gerade in der festlichsten
Stimmung, als der Missionar angeritten kam.
Die Mittel waren erschöpft, man hatte wohl
für die erste Zeit noch Lebensmittel, doch die
Aussichten waren trübe, traurig.

Ein kräftiger, schwarzbärtiger Mann empfing
ihn im Hofe. Sein Gesicht, so viel davon zu
sehen war, war bleich, und eine Falte zog sich
quer über die Stirn, die „Sorge" hiess.

„Grüss Gott! Sie sind der Deutsche Johann
Michel?" fragte der Missionar vom Pferde
herab.

„Zu dienen! Und wer sind Sie?" antwortete der Mann trocken und doch neugierig.

„Der Missionar von Blukato!"

„Ah!"

Ungläubig beschaute sich der Deutsche den

Reiter. Er hatte noch keinen Missionar hier
gesehen — und so hätte er sich ihn' auch nicht
gedacht. Er hatte schon viel des Guten über
den Missionar von Blukato reden hören — und
wer hatte nicht? —, als er in der nächstliegen-
den Ansiedlung sich mit Proviant versorgt
hatte. Ja, gut sah er aus, dachte er; diese
milden Augen! Und doch lag auch ein be-
stimmter, mutiger Zug auf dem feinen Gesicht,
das nicht imstande war, eine Unwahrheit zu
sagen.

„Ja", fuhr der Missionar fort, als er die
verblüffte Miene des Mannes sah, „ich hörte
von Ihnen in den Bergen und beschloss, Sie
sobald als thunlich aufzusuchen. Jetzt erst bin
ich dazu gekommen. Ich komme von Del
Norte und freue mich, einem Deutschen zu
begegnen. Darum nochmals: Grüss Sie Gott,
Herr Michel!"

„Grüss Sie Gott, Herr Missionar! Sie kommen von Del Norte? Sind Sie Nacht und
Tag geritten?"

Der Missionar stieg ab und klopfte seinem
Pferd den Hals.

„O nein! Heute morgen verliess ich die
Hacienda. Aber man gab mir dort diesen
Renner mit, und der allein macht mein Er-
scheinen hier zu dieser Stunde plausibel."

„Ein Prachtfuchs das!" rief der Mann, die
sehnigen Beine des Tieres befühlend, „und er
scheint noch nicht auf dem letzten Loch zu
pfeifen. Ein anderes Pferd hätte das nicht
ohne den Sporen geleistet, und Sie haben
die Ihren nicht angesetzt! Diesen Schatz
müssen wir wohl hüten! — Aber kommen Sie

herein! Ich will dafür sorgen, dass es abge-
rieben und wohl untergebracht wird."

Er schnallte den Sattel ab, gab ihn dem
Missionar, der ihn in die Stube trug, während
er mit dem Pferd abseits ging.

Inzwischen hatte sich die Frau des Ansied-
lers mit dem Missionar bekannt gemacht und
ihm von dem Unglück erzählt, das sie betroffen.
Sie konnte ihre Thränen nicht zurückhalten
und hielt ihre Augen unausgesetzt mit einem
Tuche zu. Als ihr Mann eintrat, wusste der
Missionar schon das ganze Unglückskapitel mit
Vor- und Nachrede auswendig.

„Sie hat, wie ich höre, ein schweres Kreuz
betroffen, Herr Michel!" sagte er.

Johann Michel winkte mit der Hand.

„Ja, das ist hart, zu hart!" keuchte er,
„gerade wie wir im besten Zuge waren, war's
mit einemmale aus! Verloren! Alles weg!
Alles zu Grunde! Wir sind so arm wie eine
Kirchenmaus! — nein, noch viel ärmer! Nicht
nur unser Gut, auch unsere Hoffnung ist dahin! — fort!"

Er brach auf einem Stuhl zusammen, stützte
den Kopf mit beiden Händen und stierte auf
den Boden.

„Schwer ist es, sehr schwer, Herr Michel,
doch nicht ganz hoffnungslos! Es lebt ja noch
der allmächtige Gott im Himmel, das wissen
Sie, und der kann immer helfen!" sagte der
Missionar ernst.

Der Mann sah nicht auf.

„Gott?" murmelte er, „'s ist schon recht,
was Sie sagen, aber s' ist hart, dran zu glauben!
Haben wir nicht ganze Stunden auf den Knieen

gelegen? Haben wir nicht gebetet? — Es
scheint, wir sind's nicht wert! . . . Wenn
ich's allein wär', wär's noch nicht so schlimm!
Aber da habe ich jetzt die sechs Buben mitgebracht, die haben all' ihr verdientes Geld mit
ins Vieh gesteckt — das ist jetzt mit zu den
gelben Spitzbuben gegangen. Und die Jungens reiten trübselig draussen herum — weiss
Gott, wo sie sind! Alle lassen die Ohren hängen! . . . Wenn wir nur noch so viel hätten,
dass wir eine ganz winzige · Herde anfangen
könnten! Aber nichts ist mehr da — gar
nichts! Alles ist hin!"

Ganz geknickt sass der Mann in seinem
Stuhl, ein Jammerbild. Dem Missionar that
das wehe; tief fühlte er den Schmerz des Mannes, und er musste sich zusammennehmen, dass
er mit vertrauenerweckender Stimme sagen
konnte:

„Und *doch* kann und wird Gott helfen,
vielleicht bald, vielleicht heute oder morgen
— wer weiss wie oder wann? Wer kennt alle
seine Wege? — sie sind wunderbar! Vertrauen Sie nur getrost auf ihn, Herr Michel, er
wird's wohl machen!"

Der Mann setzte sich auf, seine schlaffen
Züge schienen sich zu beleben, und seine Augen
richteten sich auf den Sprecher.

„Verzeihen Sie, Herr Missionar, dass ich
vorhin einen Augenblick zauderte, Sie für
den anzuerkennen, für den Sie sich ausgaben.
Aber jetzt weiss ich's gewiss! — Ah! tausend
Dank für dieses Wort!—tausend Dank! Das
thut einem wohl — nach so langer Zeit!" Er
war auf den Missionar zugegangen und hatte

dessen Hand ergriffen. Dann eilte er hinaus,
setzte dort ein Kuhhorn an den Mund und
blies mit vollen Backen hinein.

„Sie werden bald kommen, die Buben, und
denen müssen Sie dann auch so etwas sagen,
nicht wahr? — Ich fühle mich jetzt schon wieder wohl. Ja, Gott wird uns helfen!"

„Mit Freuden will ich thun, was in meinen
Kräften steht, und Gott wird auch Ihren Söh-
nen Trost senden und deren Mut wieder auf-
frischen. — Wir können dann nachher vielleicht auch gleich einen kleinen Gottesdienst
abhalten. Möchten Sie nicht gern eine Weihnachtspredigt hören?"

„Weihnachten? Ist's möglich! Das haben
wir in unserer Not ganz vergessen! O, wie
werden wir Ihnen je dafür genugsam danken
können! Ja, bitte, bitte, Herr Missionar,
thun Sie das! Ich mache mich sogleich auf
die Suche nach den Gesangbüchern — hier ist
die Bibel!"

Und nun kramte er in allen Fächern, während in der Küche die Frau am Herde stand
und, grosse Schweisstropfen im Gesicht, ihr
bestes Mahl zubereitete. Ihr war es ebenfalls
schon viel leichter ums Herz, und sie freute
sich sehr über den hoffentlich sich nun wieder
einstellenden Appetit ihrer Leute.

Bald kamen die Söhne herbei — ein jeder
aus einer anderen Windrose. Sie begriffen
erst nicht, wie so schnell eine Wandlung mit
den Eltern hatte vor sich gehen können. Obgleich mit ihnen das nicht so schnell ging, so
atmeten sie doch, ohne eigentlich zu wissen,
warum, freier auf. Und als sie alle nach dem

Gottesdienst zu Bett gingen, drückten sie dem jungen Missionar ehrerbietig und mit freundlichen Gesichtern die Hand und machten einen Knix vor ihm, als ob der arme Mensch in Samt und Seide gekleidet wäre! . . .

Auch der Missionar fühlte sich glücklich, und trotzdem er einen weiten Ritt hinter sich hatte, war kein Schlaf in seinen Augen. Er wandelte in seinem Zimmer umher und sann nach über die wunderbare Kraft des Wortes Gottes, die schon so Grosses gewirkt, und erst heute wieder aus einem Hause voller zerschlagener Seelen, glückliche, hoffnungsvolle Menschen gemacht hatte.

Mit dem Fusse war er dabei an etwas gestossen das klimperte und einen metallenen Ton von sich gab. Er blickte hinab. Da lag sein Sattel und — der dicke Geldbeutel, den er noch nicht aufgehoben. — Er wusste so schlecht mit Geld umzugehen!

Aber was war denn über den Missionar gekommen! War es kein schöner Anblick? Weshalb stand er so versunken da und starrte immer nach dem Sattelknopf — nach dem Beutel? . . . Endlich kam ein langgezogenes „Ah!" aus seinem Mund. Dann fuhr er leise fort: „Weiss der Missionar von Blukato nun, wozu er das Geld bekommen — wem Gott es sendet? . . . Ja, Gott sei Dank, er weiss es! — er weiss es!" .

Damit bückte er sich, löste den Beutel los, ging damit zum Tisch, auf dem ein kleines, im Stadium des Verlöschens stehendes Talglicht brannte. Hier entnahm er dem Sack das von Watkins beschriebene Blättchen,

steckte es in die Tasche, riss darnach aus seinem
Notizbuche ein leeres Blatt und schrieb darauf
die Worte: „An Herrn Johann Michel!" und
darunter:

   „*Wer Gott traut,*
   Hat auf keinen Sand gebaut!"

Diesen Zettel legte er in den schweren Beutel, aus dem er als Andenken nur den silbernen
Sporn genommen, zog ihn zu und legte ihn
sanft auf den Tisch.

Das Talglicht erlosch. Doch durch das
Fensterchen lächelte der Mond mit vollerem
Gesicht als je und konnte sich an dem Anblick,
der sich ihm bot, gar nicht satt sehen.

IX.

Gegen Mitternacht schreckte der Missionar
empor. Es war draussen ein entsetzlicher
Lärm entstanden. Eine garstige, rauhe Stimme
schrie:

„He—e! Seid Ihr der neue Deutsche?"

„Ja, ich bin ein Deutscher!" antwortete der
Ansiedler von innen. „Sagt schnell, was Ihr
wollt, oder ich drücke los!"

„He—e! Könnt Ihr deutsch lesen!" liess
sich dieselbe schreckliche Stimme vernehmen.

„Keine Dummheiten da draussen, oder ich
drücke gewiss los!" ertönte es von innen.

Das ist eine sonderbare Unterhaltung; dachte
der Missionar, und war im Nu aus dem Bett
und angekleidet. Er trat ohne weiteres hinaus.
Etwa fünfundzwanzig Schritte vor sich sah er
eine Gestalt zu Pferd, die sich bei seinem

Erscheinen sofort mit der hässlichen Stimme
an ihn wandte.

„Seid Ihr ein Deutscher?"

„Ja — was wünschen Sie?" fragte der Missionar ohne Furcht und langsam auf die Gestalt zuschreitend, in deren Arm ein Flinten-
lauf im Lichte des Mondes glänzte.

„Droben, auf der anderen Seite des Devils
Passes, ist Christian Johnny beim Graben in
seiner Grube verunglückt, und er hat ein Buch,
ein deutsches Buch, das kein Mensch dort für
ihn lesen kann. Ich kam deshalb vom Devils
Pass herunter, um den Deutschen hier zu fragen, ob er das Neue Testament, wie das Buch
heisst, vorlesen kann — weil Johnny bald stirbt.
. . . Well! Geht Ihr mit?"

Der Berg, den Devils Pass durchschnitt, lag
auf der andern Seite der Ebene, und obwohl
man ihn im hellen Licht des Mondes schimmern
sah, war es doch ein Ritt von sechs bis sieben
Stunden, und ein Weg, auf dem schon mancher das Genick gebrochen hatte.

„Herr Missionar, lassen Sie sich nicht mit
dem Menschen ein. Ich würde mich hüten!
Wer weiss, was der im Schilde führt! Er sieht
mir nicht einladend aus! Ich warne Sie!" rief
der Ansiedler.

„He—e! Geht Ihr mit!" schrie die unbe-
wegliche Gestalt auf dem Pferd mit heiserer
Stimme. „Es ist keine Zeit zu verlieren!
Seit sieben Uhr liegt er im Sterben! — Well!
kommt Ihr mit!" setzte er nochmals drin-
gend hinzu.

„Ich komme!" erwiderte der Missionar,
kurz entschlossen, und dann zu dem sich jetzt

auch herauswagenden Ansiedler gewendet, fuhr
er fort: „Wollen Sie mir mein Pferd satteln
helfen?" Alles Widerreden half nichts. Er
war entschlossen zu gehen.

„Wie?" sagte er beim Satteln, „ich sollte
einer solchen Bitte nicht folgen? Der Mann
dort ist ein Halbwilder und reitet die ganze
Nacht, um dem sterbenden Deutschen einen
Landsmann zu suchen, der ihm einen Spruch
mit auf die letzte Reise ins Ohr sagen könnte,
— und ich sollte mich weigern, dieses zu thun,
der ich doch dazu da bin?! — Ah! Das sind
mit die schönsten Augenblicke eines Missionars,
glauben Sie mir, am Sterbebette eines armen,
verirrten und wieder zurückfindenden Schäf-
leins Christi!"

Ohne noch einmal ins Zimmer zurückzu-
gehen, schwang er sich in den Sattel, reichte
dem Ansiedler die Hand und wandte sich dem
unbeweglich wartenden abenteuerlichen Reiter
zu, der kein Wort weiter gesagt, plötzlich aber
kehrt machte, sein Pferd spornte, so dass die
grossen Räder surrten, und dann in schnellstem
Galopp dem grausigen Devils Pass zujagte. Der
Missionar war ihm bald zur Seite auf seinem
flinken Ross, das so frisch war, als habe es einen
ganzen Tag geruht. . . . In der Stille der Nacht
aber ertönte noch lange das Getrappel der eilen-
den Tiere zur Hacienda des Deutschen herüber.

X.

Ein wundervolles Frührot zitterte im Osten
— zitterte und flatterte weiter herauf und zog

schliesslich au seinen milliouenfachen purpurnen Fäden eine riesenhafte Feuerkugel aus der
Tiefe dort empor, die alles mit ihrem Glanze
überflutete.

Auf der Höhe des Passes standen zwei müde
und abgehetzte Reiter neben zwei müden und
abgehetzten Pferden. Es war der Missionar
und sein langhaariger Führer.

Seit Mitternacht waren sie geritten, gestiegen, gestolpert, bis sie jetzt endlich dort oben
angelangt waren.

Eine kurze Ruhepause war hier unumgäng-
lich von nöten.

Der Missionar setzte sich auf einen Stein,
von dem aus er die ganze Mesa absehen konnte,
bis wo der Gila floss.

Fast unter sich — es schien so nah von hier
oben! — stand ein kleines, weisses Häuschen,
und kleinere Baracken daneben. Er kannte
es wohl, denn dort hatte er seine letzte Predigt
gehalten. Wie friedlich lag sie da, die einfache Hacienda, in der Pracht des ersten Mor-
genschimmers! Kein Mensch ahnte von hier,
welch herzzerreissender Kummer noch gestern
dort die Brust des Eigentümers durchzuckt.

Sinnend schaute er hinunter, und ein Lächeln
überzog sein Antlitz als er murmelte: ,,Jetzt
haben sie ihn vielleicht gefunden! . . . Gott
segne seinen Inhalt!`` . . .

Dann griff er in die Brusttasche, holte den
Brief an sein lockiges Schwesterchen heraus,
den er drüben in der Ebene geschrieben und in
dem er von einer Heimreise geschwärmt, blickte
einen Augenblick auf die Adresse, zerriss ihn
langsam kreuz- und längsweise und schüttelte

endlich die winzigen Fetzchen hinab in den
Abgrund. Auf den unsichtbaren Fittichen des
Luftzuges kamen einige davon wieder herauf-
geflogen, als wollten sie sich nicht von ihm
trennen, schwebten ein Weilchen vor seinen
Augen über der grundlosen Tiefe — aber bald
verschwanden auch sie.

Ernst und ohne einen Muskel seines ver-
brannten Gesichts zu verziehen, stand der
Missionar nun auf, streichelte sein Pferd und
sagte zu dem wortkargen, wildaussehenden
Gesellen in seiner weichen, ruhigen, tiefen
Stimme:

„Mein Freund! Ich denke, wir können
jetzt wieder aufbrechen!"

XI.

Vor dem weissen Häuschen in der Ebene
stand lange vor Tagesanbruch schon der Deutsche Johann Michel und that das Fernrohr
nicht von den Augen.

Endlich sah er im Sonnenstrahl die zwei
Männer neben ihren schnaubenden Rossen den
gefährlichen Pfad an der Felswand hinan-
klettern. Er war beruhigt und sagte vor sich
hin:

„Der wilde Mensch hat also doch wohl die
Wahrheit gesagt! Ich hätte es ihm nicht zu-
getraut! . . . Wie der Herr Missionar das aber
aushalten kann, ist mir ein Rätzel!"

Wie er so stand, kam seine Frau und zeigte
ihm, was sie auf dem Tisch des Missionars
gefunden hatte.

Verdutzt schaute der Mann auf den gewichtigen Beutel. Er nahm ihn aus den Händen der Frau, zog ihn auf und fand obenauf den Zettel liegen, den der Wissionar in der Nacht verabfasst. . . . . . Und darunter lagen goldene Münzen bis auf den Boden!

Er liess das Glas in den Sand fallen; seine Hände zitterten, seine thränenden Augen suchten den schroffen Fels hoch oben und seine Lippen hauchten kaum hörbar:

,,Ah! Der Missionar! Der Missionar von Blukato! — Den hat der HErr zu uns gesandt! Er sei gelobt!''

Das kleinste Kind der Familie — ein vierjähriges Mädchen — hatte das Glas aufgehoben, so weit auseinandergezerrt als es möglich war und wie eine ellenlange Nase auf den Pass gerichtet.

Ueberglücklich rief es nach langem Suchen:

,,O — ich teh ihn, Papa! ich teh ihn — den Mittonah! Er teigt jett in'n Tattel! — er thut auch! — ja! — aber jett — jett it er fott! — jett it er dant fott, Papa!''

Und so war's auch — er war nicht mehr zu sehen. Man hätte glauben können, der Berg hätte sich aufgethan und ihn samt Begleitung verschlungen — wenn nicht jenseits der schwarzen Zacken plötzlich ein ungeheurer Adler in die Höhe gestiegen wäre und dadurch angezeigt hätte, dass dort der Missionar von Blukato soeben den halsbrecherischen Abstieg begonnen. . . . . .

Am Fusse des Rigi.

Nur wir schienen noch wach zu sein — Monsieur L—— und ich.

Die Mondsichel, die wir eine Zeitlang beobachtet hatten, war langsam und schief hinter die Bergkette vor uns gesunken, als hätte sie ein spekulativer Landsmann von mir wie einen Drachen an einem Bindfaden heruntergezerrt, um in Amerika ein Geschäft damit zu thun.

Zur Rechten streckte der Riese Pilatus sein grimmes, düsteres Haupt in die Wolken hinein, als zürne er aller Welt — am meisten aber den Fremden, die ihn begafften.

Das Hotel nebenan, das vollgepfropfte, viereckige, hundertfenstrige Gebäude, in welchem es während der trockenen, warmen Jahreszeit wie in einem Auswandererschiff wimmelt und schwärmt, — in welchem, wie in jenem, alle Völker der Erde manchmal zu einer Zeit anzutreffen sind, — an dessen Tafeln man seinen nächsten Nachbar nicht verstehen kann, wenn der um ein Stück Brot bittet, — dieses grosse, kosmopolitische Gebäude lag ruhig, wie ein eingenickter junger babylonischer Turm da

— keinen Laut von sich gebend, kaum einen Lichtstrahl entsendend.

Wir hatten in dem Koloss keinen Platz mehr bekommen und waren durch die Güte des Hoteliers in dem Schweizerhäuschen des Ortspfarrers einquartiert, dass in einem kleinen Gärtchen ganz nahe am See lag.

Monsieur L—— sass vor mir auf dem engen Brett des einzigen Fensters in meinem Zimmer und erzählte mir Episoden aus seinem Leben. Er erzählte mir Geschichten aus seiner Jugend, seiner Heimat, seinem Wanderleben, seinem Geschäftsleben, seinen Pariser Freundeskreisen. Es war, als ob er mich schon eine Ewigkeit lang kannte, als ob ich ein intimer Freund von ihm sei, ein Jugendfreund, den er viele Jahre nicht gesehen und dem er über sein seitheriges Leben Rechenschaft abzulegen die grösste Eile habe.

Und doch war unsere Bekanntschaft erst einige Stunden alt, vom Nachmittage datierte sie, da wir uns in einem Cigarrenladen, nicht weit von der schönen, neuen Brücke in Luzern, getroffen, in dem er langgeschnittenen türkischen Tabak und ich fertiggewickelte amerikanische Cigaretten kaufte.

Monsieur L—— war von kleiner Figur, wohlgenährt, hatte einen dunklen Teint, einen pechschwarzen Bart, a la Boulanger spitz zugeschnitten, und trug die feinsten Pariser Kleider. Er war, wie wir zu sagen pflegen, ein Kind der Mode, oder ein Modenkind — bleibt sich gleich. Was ich mir aber mit seinem lebhaften, fast ausgelassenen Wesen, seiner Offenherzigkeit, seiner Gesprächigkeit nicht

reimen konnte, war der Blick seiner Augen,
der schwärmerische, träumende, abwesende
Blick, der sich zuweilen während der Ge-
sprächspausen ganz plötzlich hineinstahl, hin-
einflüchtete.

Er war auf dem Wege von Paris nach einem
Dörfchen in der Pussta, der weiten, flachen
Pussta in Ungarn — seiner Heimat, wo
seine Eltern noch lebten, wo seine einzige
kleine Schwester in einigen Tagen Hochzeit
feiern wollte.

Sehr lange war er nicht zu Hause gewesen,
sehr lange hatte er die Pussta nicht gesehen,
sehr lange hatte er keinen vernünftigen Ritt
gehabt, sehr lange der kräftigen Luft, der
heissen, wohlthuenden Sonne entbehrt! Ah!
In ein paar Tagen wollte er es aber geniessen,
wollte er sich dafür entschädigen!

Und was er denen daheim alles mitbrachte!
Der Braut, dem einfachen Kinde der Pussta,
die braun wie eine Zigeunerin war und froh
sein musste, wenn das billige Kleid, welches
ihren Leib bedeckte, ganz und undurchsichtig
war — diesem Mädchen brachte er ein Paar
Brillantohrenringe, einen Halsschmuck von
Perlen, eine Taschenuhr und einen funkelnden
Ring! Es war ein so schönes Hochzeitsge-
schenk, wie eine Pariserin in der Nähe des
Thrones sich keinen schöneren hätte wünschen
können. Für die Mutter hatte er eine Busen-
nadel und eine Brille, für den Vater das feinste
Sattelzeug, das zu bekommen war.

In seiner Stube in jenem schweizer Pfarr-
hause hatte er mir diese Sachen gezeigt, hatte
er sie aus seiner Handtasche, an der ein silber-

nes Schloss hing, genommen, sie in allen möglichen Lagen und Lichtstrahlen blitzen lassen, dann wieder sorgfältig in die ledernen Etuis verschlossen und zurück in die Tasche gethan. — Jetzt wollte er sie nicht mehr herausthun, bis er an Ort und Stelle sei, denn er fürchtete, sie möchten etwas von ihrem Werte einbüssen.

Er forderte mich auf, ihn zu begleiten; seine Heimat sei dieser Mühe wert. Er garantierte mir die besten Pferde, die beste Zigeunermusik, den besten Tokaier und Carlowitzer, die schönsten Volkstänze — von allem, was seine Heimat bieten konnte, das beste. Nach der Hochzeit wollte er mit seinem Vater eine längere Reise nach Italien machen, wohin sich der schon in seiner Jugend gesehnt. Ich sollte der dritte im Bunde sein. Wir würden dann nach Mailand, Venedig, Florenz, Rom, Sicilien — in die Palazzos, Bibliotheken, in die Kunstkammern, in die Kirchen gehen. Er schilderte alles in den glühensten Farben, mit der grössten Beredsamkeit, als ob er es im Geiste vor sich sehe, im Geiste höre, schmecke, fühle.

Nach einem jeden solchen lebhaften, fast ausgelassenen Ausbruch aber folgte ein Rückschlag. Er zuckte, wie vom Blitz getroffen, zusammen, drehte seinen Kopf hinaus, als ob er fürchte, dort möchte sich etwas ereignen, etwas Unangenehmes oder gar Gefährliches. Seine Augenlider senkten sich ein wenig, wie im Traume, während die rundlichen, weissen Händchen den spitzen Bart zogen und drehten wie im Fieber.

Nach einem solchen Augenblick des Träu-

mens, des Nachdenkens, fragte er mich, den
Kopf noch hinausgewendet:

„Sagen Sie mir, sind Sie abergläubisch?"

„Nein, das bin ich nicht!" antwortete ich.

„Glauben Sie auch nicht an Prophezeiungen
und Weissagungen?"

„An die der Bibel? — ja!"

„Nein, nein! Ich meine andere Prophezeiungen — sagen wir: an die Prophezeiungen
der — der Zigeuner?"

Er war sehr ernst und blickte mich jetzt
ängstlich an.

Ich musste lachen und schüttelte den Kopf.
„Wo denken Sie hin!"

„*Ich* thue!" sagte er leise, und nachdem er
seinen Kopf wieder hinausgedreht hatte, setzte
er fast unhörbar noch einmal hinzu: „*Ich*
thue!"

Er blickte schweigend auf die dunkle Fläche,
die am Tage blau ist und den Vierwaldstätter-
see repräsentierte. Sie war ganz still — glatt
wie ein Spiegel.

„Ich bedaure Sie!" brach ich das Schweigen. „Aber glauben Sie mir — es ist nur
Einbildung — es ist Aberglaube — nichts
weiter!"

Er zuckte die Achseln und fragte:

„Soll ich erzählen?"

„Sie können mich dadurch doch nicht überzeugen. Es ist selbstverständlich, dass manchmal etwas passiert, — aber das passiert nicht
deshalb, weil es von einem Menschen vorher
erwähnt worden ist; sondern vielmehr weil
Gott es schickt oder zulässt — zur Besserung
oder Züchtigung... Aber erzählen Sie immer-

hin, Monsieur L——, ich bin neugierig, Ihre
Beweisgründe zu hören!''

Er rollte mit beneidenswerter Schnelligkeit
und Accuratesse zwei Cigaretten, gab mir eine
davon und begann, gegen seine frühere Art
langsam und oft sich wie im Traume verlierend,
also:

,,Ich habe Ihnen schon gesagt, dass ich mit
fünfzehn Jahren mein Vaterhaus und Vater-
land verliess, und zwar mit meinem zwei Jahre
älteren Bruder, um mit ihm in der Fremde
etwas zu suchen, das bei uns nicht — auf der
Pussta nicht zu haben war. Mein Vater war
arm, aber er hatte uns lieb und wollte ein
Uebriges thun. Er lud eine Menge Freunde
ein und liess von einigen Zigeunern Musik
machen. Es war ein lustiges Abschiedsfest
und dauerte bis zum Morgen.

,,Als die meisten Gäste schon fort waren, da
stimmten die braunen, lumpigen Gesellen
nochmals ihre Instrumente und spielten den
Rakoczimarsch — den Rakoczi! — unsern Na-
tionalmarsch.

,,Mein Vater trat auf uns zu und sagte, uns
auf die Schultern klopfend:

,, ,Hört nur gut zu, Ihr Jungens, hört nur
gut zu, und prägt ihn Euch ein, den Rakoczi!
Denn in diesem Marsch ist der Charakter Eures
Volkes verkörpert, — und so hört Ihr ihn niemals wieder!'

,,Der Zigeuner, der die Bassgeige gespielt
und der diesen Ausspruch gehört, sagte im
Fortgehen, als er noch ein Glas Wein mit uns
trank:

,, ,Ja, Frederic und Jules, *so* hört Ihr ihn

nirgends als bei uns! Und wehe, wenn Ihr ihn
einmal draussen in der Welt hören solltet!
Dann nehmt Euch in acht! Das bedeutet
etwas! Dann giebt's ein Unglück!'"

„Der Zigeuner war betrunken!" schalt ich
ein.

„Betrunken? — Mag sein! Aber wir konnten die Worte nicht aus den Kopf kriegen, —
und sie trafen zu!"

„Unsinn!"

„Nicht bloss einmal!" fuhr der Erzähler
unbeirrt fort. „In Berlin sassen wir einst in
einem Musiksaal, wo auch Erfrischungen aus-
geteilt wurden. Es war gleich nach unserer
Ankunft dort, und wir wussten nicht, womit
wir die Zeit am Abend herumbringen sollten.
Auf einmal sprangen wir wie ein Mann auf.
Das Orchester hatte die ersten Akkorde des
Rakoczi gespielt! Und als wir hastig unsere
Rechnung bezahlen wollten, war unser Geld
gestohlen!

„Das war das erste Mal, dass wir den Marsch
auswärts gehört.

„Nachher waren wir nach Paris gekommen.
Hier wartete schwere Arbeit auf uns, und wir
hörten keine Musik, keine gemüterregende
Musik, wie wir sie gewöhnt waren.

Endlich, nach jahrelangem Streben, Arbeiten, Rennen, hatten wir uns eine Stellung
errungen, die verhältnismässig gut war. Da
kam die Weltausstellung mit ihren Tausenden
und Millionen von Fremden, die teils ihr Leben geniessen, teils ‚ihr Leben machen' wollten. Unter den Letzteren befand sich auch
eine ungarische Zigeunerkapelle. Jules und

ich wollten vorbeigehen, wollten sie nicht hören; aber es zog uns gleichsam mit magnetischer Gewalt hin zu ihnen, und nachdem wir erst ein paar Nummern belauscht, konnten wir uns nicht mehr davon losreissen. Es giebt ja keine schönere Musik, als die ungarische, zumal wenn die Geige etwas dabei zu sagen hat. Und selbstverständlich! sie spielten auch den Rakoczi! Fast bereuten wir, dass wir hingekommen waren. Aber ah! er war so schön!

„Wir gingen bald darauf heim, schweigsam, gedrückt; wir wussten, dass etwas passieren würde — aber was? Wir waren noch nicht zu Hause, da trafen wir einen Freund, der fragte uns:

„„Wisst Ihr schon, dass Matthieu & Cie abgebrannt sind?'

„Matthieu & Cie war die Firma, bei der wir angestellt waren — und durch dieses Feuer verloren wir unsere Stellung. Wir fühlten, als ob wir an dem Unglück schuld seien; es wäre auch nicht passiert, hätten wir nicht den Rakoczi gehört — gewisslich nicht!"

Er hielt einen Augenblick inne; dann fuhr er fort:

„Wir machten uns nun an die Gründung eines eigenen Geschäfts, einer Droguen-Handlung. Wir hatten Erfolg. Unser kleines Geschäft wuchs, wuchs, wuchs! Wir traten in die höchste Gesellschaft, in die Aristokratie ein. Ich verlobte mich. Ah, Monsieur! mit einem Mädchen —! . . . Wir waren so glücklich! . . .

„Man gab uns zu Ehren eine Gesellschaft, wozu alles eingeladen war, was gross war:

Dichter, Schriftsteller, Künstler, Gesandtschaften. Da trat ein Geiger hervor, ein grosser Geiger, und spielte — mir zum speciellen Genuss — den Rakoczi!

„Ein paar Wochen darauf begruben wir sie, begruben wir Athalie, meine Braut. . . . Die Cholera hatte sie dahingerafft.“

Er blickte hinaus — träumerisch, traurig. Ich bedauerte ihn, verstand ihn und lachte nicht mehr.

„Wie lange ist das her, Monsieur L——?“ fragte ich.

„Heute sind es genau zehn Jahre!“

Nach einigen Minuten fragte ich weiter:

„Seitdem aber haben Sie den Rak—“

Er winkte mir hastig mit der Hand, dass ich die Frage nicht beendigen solle, warf seine ausgegangene Cigarette auf ein Rosenbeet hinaus und stieg vom Fensterbrett herab.

Langsam und gemütlich schlug es vom kleinen Kirchturm herab die Mitternachtsstunde. Dann war alles totenstill. Wir wollten uns gerade unserer Kleider entledigen, da hörten wir aus der Ferne einige Ruderschläge. Einer Wasserspinne gleich glitt ein Boot in die See hinaus, und dann ertönten plötzlich, ohne Warnung, ohne Vorspiel, ohne Saitenstimmen, die Töne einer Geige — vibrierend, sanft, leise, melancholisch, wehmütig, dann lauter, lauter, lauter, stürmischer, wilder. . . . *Der Rakoczi! Der Rakoczi!* Geisterhaft, als ob die Wassernixen auf dem Seeboden um die hinabgesunkene, leblose Gestalt eines Schiffers einen Reigen aufführten und dazu ihren Triumphgesang sängen — als ob die Gnomen aus den Bergen herausgeschlüpft wären und ihren Schmerz über den Tod des Schiffers in einem Trauerliede Ausdruck gäben — geisterhaft tönte es über das ruhige, dunkle Wasser herüber!

Es nutzte nichts, dass der Pariser sich die Ohren zuhielt — es nutzte nichts! Er nahm seine Finger jeden Augenblick heraus, er hoffte, er habe sich getäuscht, es sei gar nicht der Rakoczi. Aber es half nichts, er *war* es! Und wie meisterhaft vorgetragen! Man hörte ein Dutzend Geigen, ein ganzes Orchester, der See schien von Geigern übersäet!

Im Fenster sitzend lauschte ich atemlos, erschrocken und doch wieder entzückt, bis der letzte Ton vom Hauch des Nachtwindes fortgehascht war. Dann erschollen wieder die Ruderschläge — tappertitapp! tappertitapp!

Und alles war still.

Nur Monsieur L—— lag auf seinem Bett im Nebenzimmer, das Gesicht im Kopfkissen vergraben, und schluchzte! . . und schluchzte! . .

Einmal weckte er mich. Ich war gerade im besten Schlaf. Er stand vor meinem Bett, noch nicht einmal ausgezogen, und hielt meine Hand krampfhaft fest.

„Monsieur! Monsieur! Entschuldigen Sie! Ich kann mir nicht helfen! Ich kann nicht schlafen! . . . Der Rakoczi! . . . Er lässt mich nicht ruhen! . . . Wa—as denken Sie, wird wohl pass—ssieren?‟

Er zitterte wie ein verurteilter Missethäter im Schatten seines Galgens.

Ich sammelte, wie ein Advokat der letzten Instanz, alle meine, zu solch ungewöhnlicher Stunde nicht gerade zahlreichen, verfügbaren Kräfte, geistige wie körperliche, zusammen, platzte vor allen Dingen in ein herzhaftes Gelächter aus, das nicht nur, zu meinem nachherigen Bedauern, den guten, dicken Pfarrer, sondern auch sämtliche, in der uns zugekehrten Seite des Hotels einquartierten Gäste — die am Morgen alle den Spass wissen wollten, der uns passiert — zur Besinnung brachte; dann rief ich laut und mit einer Bestimmtheit, auf die ich heute noch stolz bin, zur Zeit aber selbst nicht wusste, wo sie herkam:

„Unsinn! Nichts passiert! Das war ein Violinist, der eine Reise macht und aus Kuriosität einmal um Mitternacht dem Pilatus ein Ständchen bringen wollte. Vielleicht war es ein Landsmann von Ihnen. Natürlich spielte er dann den Rakoczi! Es giebt doch nichts Einfacheres, als das! Remenyi spielte ihn auf der Pyramide des Herrn Cheops in Aegypten — und Edouard lebt heute noch, und die alte Pyramide samt den jungen existieren alle noch, gerade so gut wie Fräulein Sphinx, der Sandplatz drum 'rum und der vereinigte Nil! — — Glauben Sie mir: nichts passiert! Legen Sie sich getrost nieder und stellen Sie Ihre Sache Gott anheim! — — Gute Nacht!"

Er schlich wieder in sein Zimmer, langsam, unsicher, matt, furchtsam, und brachte im Dunkeln fertig, an jedes Stück Möbel anzustossen. Wie ein Kind folgte er mir. Ich hörte, wie er für das Bett Toilette machte und dann in die weichen Daunen sank.

Ob er schlief, das wusste ich nicht. Es verging eine Stunde, ohne dass ich meine Augen wieder geschlossen hätte. Es reute mich, dass ich den armen Menschen so abgetrumpft hatte.

Als es drei schlug, hörte ich ihn seufzen:

„Ich wünsche, ich könnte es so leicht nehmen, wie *er!*"

Am nächsten Nachmittag sassen wir an einem der kleinen Gartentischchen des Hotels, nahe der Landung der Boote von Luzern, und leerten zusammen eine Flasche Wein.

Monsieur L—— war nicht sehr fröhlich. Ich hatte meine dünne Witzader an dem Tage so lange sprudeln lassen, bis sie ausgelaufen war — von welcher Ausbeute sie sich nie wieder so recht erholt hat —, und dies alles nur, um ihn aufzuheitern und den Rakoczi vergessen zu lassen. Aber ich bedauere, sagen zu müssen, dass er ein höchst gleichgültiges Publikum war. Fast hatte ich Gewalt anwenden müssen, um ihn auf den Rigi hinaufzubringen. Jeder Schritt, den er that, meinte er, werde sein letzter sein. Er hatte nicht gewagt, zum Fenster des Eisenbahnwagens in die grossartige Landschaft hinauszusehen, und oben hatte er sich auf einen Hügel gesetzt und war wie eine Bruthenne sitzen geblieben, bis ich ihn wieder in den Waggon geschleift.

„Dies ist alles sehr schön, aber ich kann mich jetzt nicht mehr daran ergötzen! Es wird sich bald etwas ereignen, ich fühle es! Vielleicht giebt gar der Berg nach, und Sie

müssen dann auch noch darunter leiden!" hatte
er einmal geäussert.

Während der Abfahrt von Rigi-Kulm nach
Viznau hatte er mir die Adressen seines Vaters,
seines Bruders und einiger Freunde aufge-
schrieben, an die ich berichten sollte, falls ihm
etwas zustossen würde, und ausserdem mir ganz
genau angegeben, wie ich die Wertsachen und
seinen Handkoffer zu verpacken habe.

Bei der Flasche Wein am Tischchen wiederholte er mir noch einmal alles, übergab mir
gleichsam sein Testament mündlich, und hörte
nicht eher damit auf, als bis das Dampfboot von
Luzern angepustet kam, auf dem wir abwärts
fahren wollten.

Wir stiegen ein, begaben uns auf das obere
Deck, und während mein Freund sich sicher
niederpflanzte, besah ich mir unsere Reisegesellschaft, ob vielleicht jemand aus Amerika
darunter sei.

Der Kapitän war in das Hotel hinübergegan-
gen, kam jedoch sogleich zurück und zwar mit
dem Eigentümer desselben. Sie kamen stracks
auf uns zu.

„Sind Sie Monsieur L——?" fragte der
Kapitän meinen Bekannten.

„Ja!" antwortete der, bleich werdend.

„Monsieur L—— von Paris?"

„Ja!"

„Sie haben einen Bruder dort?"

„Ja — Jules!"

„Sie sind der rechte Mann! Hier ist ein
Telegramm für Sie!"

„F—ffür m—mich?"

Grosse Schweisstropfen standen an seiner

Stirn. Er zitterte am ganzen Körper und
blickte mich an als wollte er sagen:

„Sehen Sie! Der Rakoczi von gestern
abend! Ich wusste es ja! Gewiss ein entsetzliches Unglück!"

Monsieur L—— nahm das Telegramm in
Empfang, reichte es mir und lispelte:

„Lesen Sie; ich—ich kann nicht!"

Ich war selbst sehr nervös. Mein Herz
pochte wie ein Eisenhammer, und meine Hände
bebten als ich das Couvert erbrach und leise
für mich las:

An Frederic L——
Schiff von Brasilien in Havre angekommen.
Ladung ausgezeichnet. —— steht jetzt auf
voll 87. Für uns ein Gewinn von 75. —
Kaufe dem Alten das Gut Broczoc. Ist zu
verkaufen nach dem Temps.   Jules.

Ich machte ein furchtbar trauriges Gesicht,
und las dann im weinerlichsten Tone, dessen
ich fähig war, Wort für Wort stark betonend,
den Wisch vor. Aber noch ehe ich geendet,
hatte er mir das Blatt aus den Händen gerissen.
Er las es ungefähr zwölfmal durch, bevor er es
recht verstehen konnte. Seine Wangen be-
kamen wieder Farbe, und er lächelte wie einer,
der monatelang krank gewesen. Dann sprang
er auf und lief, mich am Arme nach sich zie-
hend, zum Hotelier hinab, der eben das Boot
verlassen wollte.

„Monsieur! Monsieur!" rief er. „Können
Sie mir sagen, wer letzte Nacht hier auf dem
See den Rakoczi gespielt hat?"

„Ah! Haben Sie ihn gehört? Es ist ein
junger Ungar, der von einem verrückten Engländer, welcher die Villa da drüben bewohnt,
engagiert ist. Die einzige Arbeit dieses Gei-
gers ist, jede Nacht um Schlag zwölf Uhr in
die Mitte des Seees hinauszufahren und dort
den Rakoczi zu spielen. — Er thut das nun
schon seit drei Monaten!"

Und da er, als gewifter Geschäftsmann, dies
für einen passenden Moment erachtete, eine
verbindliche Frage an den reichen, hervor-
ragenden Pariser zu richten, fügte er schnell
noch hinzu, einen kunstsinnigen Diener ver-
übend:

„Werde ich die Ehre, Sie hier zu sehen,
bald wieder haben? Es wäre die glücklichste
Stunde meines Lebens!"

Monsieur sah ihn einen Augenblick freundlich an, dann sagte er:

„Könnte schon möglich sein, denn den Rigi
möchte ich noch einmal besteigen, — diesmal
war es zu — neblig!"

Gleich darauf dampften wir den See hinab.
Für meinen Bekannten aber existiert auf dieser
schönen Strecke nichts als das Telegramm, das
er stets wie eine teleskopische Wunderansicht
vor den Augen hin und her schob, und obgleich
ich ihn später an den Tellsstein ruderte und
seine Nase daran rot rieb, so glaubt er doch bis
zum heutigen Tag nicht, dass ein solches Ding
dort zu sehen ist.

Das Geschäft von Jules und Frederic L——
existiert heute noch in Paris, und zwar ist es

eins der grössten seiner Art in der französischen
Republik.

Vor einem Jahre etwa bekam ich einen
Brief von Monsieur Frederic.

Ich sollte zur Hochzeit seines Bruders kommen, wofür sie grossartige Vorbereitungen
getroffen und unter anderem eine Zigeunerkapelle importiert hatten, auf deren Progamm
der Rakoczi nicht weniger als zwanzigmal sich
breit machte.

Ich aber will den Marsch nie mehr hören,
denn so, wie in jener Nacht am Fusse des Rigi,
wird er mir doch nicht wieder klingen.

Der verrückte Engländer hatte Geschmack,
das musste man ihm lassen.

Der Letzte seines Stammes.

Die elektrischen Bogenlampen zischten, flak-
kerten auf, zitterten und verminderten ihre
Leuchtkraft, aber nur, um das Licht in der
nächsten Sekunde wieder desto heller hervorzu-
strahlen.

Schwärme von Menschen bewegten sich eilig
in geschlossenen Kolonnen auf den Seiten-
wegen hin, wie deutsche Infanterie. In der
Gosse hielten die unrasierten, dreckigen Ita-
liener mit ihren zweiräderigen Fruchtkarren,
einer am andern, einer seinen Nachbarn in
Begleitung mörderischer Blicke an Feilheit
überbietend, und in ihrem fremdländischen
Jargon einen Lärm heraufbeschwörend, der
auch dem unmusikalischsten Ohr zum min-
desten unschön klingen musste. Auf der
anderen Seite des Menschenstromes, an den
Pfeilern oder in den Nischen der mächtigen
Geschäftshäuser, lehnten Hosenträger-, Spiel-
waren-, Schnurrbart-, Messer- und Salbenver-
käufer und priesen ihre Sachen durch Grimas-
sen oder mit grossem Redefluss an.

Mitten in diesem Gewühl, diesem Geschrei
wurde ich auf einen eigentümlichen Ton auf-

merksam; fast erschütterte er meine Gehör-
nerven. Er war nicht sehr laut, auch nicht
sehr schrill, aber so unsäglich jämmerlich! Es
war ein Ton, wie man ihn an Krankenbetten
hört, ein Spitalton — dumpf, ängstlich, ras-
pelnd, wimmernd, als ob er nur mit der grössten, der letzten Anstrengung hervorgestossen
würde; es war, als ob ein Diphtheritiskranker
sich verständlich zu machen suche, oder ein
Halsschwindsüchtiger, oder irgend ein anderer
Todeskandidat — es war wahrhaftig eine Gra-
besstimme!

Der Ton, oder vielmehr die Töne erschollen
zu meinem Entsetzen wieder und wieder, und
zwar in ganz bestimmt abgemessenen Zwischen-
räumen. Aber obwohl ich angestrengt lauschte,
verstand ich doch keine Silbe davon. Es ist
auch schwer, diese Töne oder Worte durch
Buchstaben nur anzudeuten. Ich experimen-
tierte nachher aus dem Gedächtnis stundenlang
daran herum, und hier ist das Annäherndste,
das ich zustande brachte:

„Knnnbnnnsnnnsnns! Knnnbnns! Kns!"

Wer war der unglückliche Eigentümer dieses
Organes?

Nach kurzer Spionage hatte ich denselben
lokalisiert. Drüben an der Ecke stand er, eine
hoffnungslos dürre Gestalt, das Ideal einer
Hopfenstange, die einen Mann im Alter von
fünfundvierzig bis fünfzig Jahren vorstellte.

Ich sah mir diese Erfindung näher an. Die
eine Schulter derselben stand fast um einen
halben Fuss höher als die andere, die Kleider
schlotterten an dem Knochenbau wie an einer
in vernachlässigtem Zustande sich befindlichen

Vogelscheuche herum, und die Arme waren
sicherlich nicht dicker als ein Besenstiel. Am
abschreckendsten aber war sein Mund, wenn
er sich anstrengte, seine unnatürliche Partie
zur Strassensymphonie beizutragen. Er ver-
zog sich nach inwendig, stülpte sich gleichsam
um, als hätte er zwischen den Zahnstumpen
auf einmal ein Fass unreifer Hiobsthränen
oder Persimons verquetscht, und der dadurch
hervorgebrachte, hervorgestossene Ton überzog
den aufmerksam beobachtenden Zuhörer mit
einer Gänsehaut von der Dicke eines Schild-
krötenpanzers.

Auf der eingeklappten Brust, mittelst eines
Riemens um den Hals festgehalten, befand sich
eine kleine, einen Fuss lange und einen halben
Fuss breite Pappbox, die mit knöchernen
Hemdenknöpfen, auf blauem Papier dutzend-
weise festgenäht, angefüllt war. In jeder
bebenden Hand ein solches Papier den Vor-
übergehenden entgegenreichend, diese mit den
grauen, aus ihren tiefen Höhlen hervortreten-
den, glanzlosen Augen ansehend und seine La-
mentation gleichsam als vorangeschicktes En-
core zugebend — so stand die Missgestalt da,
eine Missgestalt, die die beste Aussicht hatte,
eine Museumsberühmtheit zu werden.

Der Mann merkte, dass ich ihn unverwandt
beobachtete, und dachte wohl bei sich, ich hätte
keinen höheren Wunsch, als eine Ladung
Kragenknöpfe mir zuzulegen. Seine Augen
traten so weit vor, dass man fast so zu sagen
hinter deren Coulissen sehen konnte, dass man
fürchten musste, die Augäpfel würden im
nächsten Augenblick auf dem Pflaster zwischen

den Hunderten von Füssen herumkollern;
es zitterte sein ganzer Knochenbau in den übergrossen Kleidern; er wurde bleicher, wurde
fahler, schob sein Gesicht auf Halbmast, die
eine Schulter höher, die andere niederer; seine
Hände hielten mir seine knochige Ware entgegen; im ganzen wurde er, wenn es möglich
war, länger, dünner; seine Worte tönten ab-
schreckender, unverständlicher, grässlicher als
sonst:

„Knunbnusunsuns! Knnubnns! Knnbns!"
Ich sprang auf ihn zu und rief:
„Mann! Sie sind ja krank! Machen Sie,
dass Sie nach Hause, ins Hospital, ins Bett
kommen! Sie können am Ende noch gerettet
werden, wenn Sie sich beeilen!"

Mit unsäglich trostloser Miene schüttelte der
Mensch den Kopf — was mir äuserst gewagt
erschien, denn derselbe konnte unmöglich fest
sitzen — und piepste weiter, seine Knöpfe mir
dicht vor den Mund haltend, als ob ich sie
kosten sollte.

„Nehmen Sie doch Vernunft an!" rief ich,
ihn zu übertönen suchend. „Hüten Sie Ihren
Hals, es könnte Ihnen sehr schlecht bekommen!
Sie haben eine böse Krankheit! Und wenn
Sie noch lange warten, sind Sie vielleicht ver-
loren — dann ist vielleicht keine Rettung mehr.
Professor Dr. Schienbein sagt —"

Der Mann aber wollte nicht wissen, was
diese medizinische Autorität in ihrem berühmten Werk über Halskrankheiten zu sagen für
passend hält, sondern drehte sich einfach von
mir weg und rief seine Anpreisung in eine
andere Richtung hinaus.

„Soll ich die Ambulanz kommen lassen? . . .
Sie können ja kaum mehr humpeln!"

Der Knopfverkäufer merkte, dass ich mich
nicht so leicht abspeisen lassen würde. Er war
offenbar erstaunt, dass sich jemand um sein
Wohlergehen bekümmerte; vielleicht impo-
nierte ihm auch meine dargethanene medizinische Kenntnis; oder überraschte ihn meine
Dreistigkeit? Es wurden, nebenbei bemerkt,
schon einige Passanten auf uns aufmerksam.
Dies schien ihm unangenehm zu sein. Deshalb
schaffte er sein Federgewicht auf die Seite,
gab mir ein Zeichen, ihm zu folgen, worauf er
um die Ecke ging und in eine tiefe Nische
eines Gebäudes hinein.

Da! Was war's? War das derselbe Mann?
Nicht doch! Unmöglich! . . . Seine Schulter
war, wie eine Wage, der man das ungleiche
Gewicht aus den Schalen genommen, aufge-
schnellt. Sein Gesicht war nicht schön, aber
doch angenehmer geworden. Es blieb lang
und hager, aber die Farbe wurde besser; das
Blut, das er in einem geheimen Reservoir verborgen gehalten haben musste, strömte ihm ins
Gesicht.

Ob er errötete?

Und seine Stimme! Ha! Sie klang ganz
gewöhnlich, ganz normal, und hatte von dem
früheren Schreckenstone nicht mehr an sich,
als die meinige.

Ich stand vor einem Rätsel, einem anatomi-
schen Rätsel, einem interessanten Fall. Dieses
Rätsel aber machte eine tiefe Verbeugung und
sagte etwas, das ungefähr so lautete:

„Sie meinen es ohne Zweifel gut, mein Herr,

und sind wahrscheinlich ein junger Mediziner.
Kenne die Sorte — ist sehr eifrig, ist Feuer
und Flamme für ihr Metier! Aber ich bin
nicht krank, nicht einmal unwohl, wie Sie jetzt
die Gewogenheit haben wollen, zu bemerken.
Sie, mein werter Herr, sind der erste, der darnach frägt, der erste und der einzige, der es
von mir hören wird. Ich bin durch Umstände
genötigt worden, mich und meine Ware so zu
annoncieren, wie Sie gesehen und vernommen.
Es hat mir viel Mühe gekostet, es hat lange
gedauert, bis ich es zur Vollkommenheit gebracht hatte, zu der Vollkommenheit, wie ich
mir schmeichle, sie jetzt zu besitzen. Und deshalb möchte ich Sie auch ersuchen, mich nicht
zu verraten, zu überliefern!"

Er liebkoste verlegen seine kleinen Knopf-
scharen, als ob er die knöchernen Dingerchen
verehre, die bei jeder seiner Bewegung auf
ihrem Papier wackelten und rappelten, und
aussahen, als ob sie ihn verständen.

„Hm! Wie heissen Sie denn?" fragte ich,
nachdem ich mich von der ersten Ueberraschung einigermassen erholt hatte.

„*Baron Amadeus Adolphus Theophilus von
Wurmstich!*" antwortete er fliessend im grössten Ernst, indem er, seine Knöpfe besorgt fest-
haltend, eine galante Verbeugung machte.

Dies wirkte wie ein Kanonenschuss auf mich;
hätte ich mich nicht an einem Pfeiler festgehalten, so wäre ich wie durchlöchert lautlos in den
Strassenleim gesunken. Zu meiner eigenen
Verwunderung kam ich jedoch wieder zu mir,
machte eine Gegenverbeugung, die gewiss, mit
herrschaftlichen Baronsaugen aufgefangen, sehr

eckig, sehr lächerlich ausfiel, und nannte im
grössten Ernst meinen Namen. Dann setzte
ich noch hinzu:

„Sie haben nicht immer in Knöpfen gehan-
delt, Herr — Herr Baron Amadeus Adolphus
Theophilus von —"

„von Wurmstich!" fiel er prompt ein,
als ich mich nicht weiter wagte.

„Ah! Entschuldigen Sie! — .... von
Wurmstich?"

Ein schmerzliches Lächeln glitt über das
herrschaftliche Antlitz, und ich entdeckte wirklich einen adeligen Zug in demselben.

„Gewiss nicht — ich habe bessere Zeiten
gehabt. O, mein Herr, die Besitzungen meines Vaters, des Herrn Baron Strumpf von
Wurmstich! — ich werde sie ewig vor Augen
haben! ... Ich freue mich stets auf die Nacht,
wenn ich mich auf mein hartes Bett legen und
von der schönen Heimat ungestört träumen
kann. .... Haben Sie vielleicht einmal das
Vergnügen gehabt, am Ufer der Isar, der
schäumenden Isar, der tollen Isar zu wandeln?
... Wenn Sie diese, von München kommend,
abwärts entlang gehen, kommen Sie zu einer
Burg, einer richtigen Burg mit Türmen und
engen Schiessscharten, Burgkeller, Burgverliess
und Zugbrücke. Das gehörte unserer Sippe
seit Jahrhunderten. Ganz in der Nähe steht
ein moderneres Schloss — stolz wie eine korin-
thische Säule! Darin wurde ich geboren, dort
verlebte ich meine Jugendzeit. Es war köst-
lich, und dauerte, bis ich die Universität
besuchte. Dort lebte ich nicht minder gut,
dort lebte ich verschwenderisch! Nachdem

meine Eltern gestorben, ging der Tanz erst
recht los — den Tanz zum Uebersturz, zum
Verderben meine ich! Gehen Sie nach Berlin, Heidelberg, Leipzig, Padua, Wien, Rom,
Paris, Petersburg — Sie können noch überall
von meinen Gastmählern, von meinen Duellen
und grossartigen Wetten hören! . . . . Und wie
ich endlich ausstudiert hatte, da war unser
alter Stammsitz, der früher gegen alle Ueber-
fälle wie gefeit schien — unser altes Familien-
schloss war dahin, verbraucht, verschwendet
vom letzten, einzigen Erben. . . . . Mit einer
kleinen Summe versehen, die mir ein midlei-
diger Freund zugesteckt, ging ich nach
Amerika und wollte hier irgend etwas damit
anfangen. Ein anderer hätte auch vielleicht
etwas damit zustande gebracht, ich aber nicht,
ich hatte bald nichts mehr davon. . . . Ich kam
bis hierher, that alles mögliche, handelte in
allem möglichen — in Hosenträgern, in Messern, in Lumpen, in Knochen. . . Es gab sogar
eine Zeit, in der ich nahe daran war, meinen
altehrwürdigen Barontitel samt Petschaften zu
verkaufen. Ich ging mit einem Schild auf der
Brust ´herum, auf dem ich in lateinischen,
griechischen und hebräischen Worten gezeichnet hatte: ‚Ich, Baron Amadeus Adolphus
Theophilus von Wurmstich, bin gesonnen,
gegen einen annehmbaren Geldbetrag meinen
altersgrauen Adelstitel samt Petschaften zu
veräussern.‘ Aber die Polizei, die das nicht
lesen konnte, hielt es für eine fälschliche Blin-
denanzeige, steckte mich eine Nacht ins Loch
und verbot mir, dasselbe weiter auf der Strasse
herumzutragen. . . Meine nächste Spekulation

waren die Collarbuttons. Auch sie giugen
anfangs nicht, und ich wurde, da ich das
Eckenstehen im Wind und Wetter nicht
gewöhnt war, krank, ich bekam's im Hals.
Da bemerkte ich, dass die Menschen durch
meine heisere Stimme aufmerksam auf mich
wurden, aus Mitleid von mir kauften, und
ich ziemlich Ware umsetzte. . . . Aber ich
wurde wieder gesund, bekam meine alte Stimme wieder — und das Verkaufen war wieder
aus! Da kam mir der erste originelle Gedanke
meines Lebens! Ich legte mich aufs Nach-
machen, versuchte ganze Nächte lang, einen
Ton herauszubekommen, der ähnlich wie der
klang, den ich während meiner Krankheit
ausgestossen hatte. Es war keine leichte Auf-
gabe, und die Besitzer des Hauses, wo ich
logiere, wollten mich wegen Ruhestörung an
die Luft setzen. . . . Aber schliesslich konnte
ich ‚Excelsior!' ausrufen — ich hatte den Ton
in meiner Gewalt. . . Es strengt mich noch an,
aber es zieht!‚‘
Der Baron schwieg, seine Knöpfe belieb-
äugelnd.
„Sie sagen, Ihr Geschäft geht gut, Herr
Baron?‘‘ fragte ich.
„Ja, werter Herr, es geht mir jetzt besser als
je in Amerika. Mein Publikum finde ich
hauptsächlich unter den Damen, und das Gute
hiervon ist, dass die keine Knöpfe für ihr Geld
wollen! Ich kenne viele, die haben schon ihr
Geld bereit, wenn sie hierher kommen. . . . . .
Da! da! — Pardon, mon ami! — sehen Sie,
da kommt eine von meinen Wohlthäterinnen!‘‘
Damit machte er mir eine vornehme, echte

Verbeugung, verwandelte sich im Schutze der
Nische wie der Wind in jene Missgestalt und
hinkte an die Ecke, zitternd seine knöcherne
Ware feilbietend, sein Gesicht verzerrend und
seinen jämmerlichen Satz ausstossend.

Und richtig! Eine Dame kam heran,
drückte ihm ein Stück Geld in die Hand und
hüpfte von dannen.

Der Schwindler machte eine krüppelhafte,
linkische Verbeugung und fiel dabei fast um.
Hinter dem Rücken der Dame steckte er das
empfangene Geld wie selbstverständlich ein
und rief weiter:

„Knnnbnnsnnsnnns! Knnnbnnns! Kbns!“

Eine Weile sah ich dem Schauspiel zu.
Ich konnte mich nicht dazu entschliessen, die
Polizei auf diesen Betrug aufmerksam zu
machen, da ich wusste, dass sie für diesen
Dieb im kleinen einen Dieb im grossen laufen
lassen würde.

Als ich dann an ihm vorbeiging, hielt er
wieder seine Knöpfe hocherhoben, und winzelte,
wisperte seine Jeremiade mir zu. Ich konnte
mir nicht helfen, ich drückte dem Knopfverkäufer, dem Herrn Baron Amadeus Adolphus
Theophilus von Wurmstich ebenfalls einen
Nickel in die dünnen, bebenden Krallen, und
machte dann, dass ich fort kam.

In dem Geschrei, dem Gewühl, in der tau-
sendstimmigen Strassensymphonie hörte ich ihn
noch ein paarmal in regelmässigen Zwischen-
räumen hinter mir herwimmern.

An dem Streifen blauen Himmels droben,
den man von der Strasse aus zwischen den
Häuserdächern erblickt, sah ich einen grossen

Stern, den gelben Jupiter, der sich vor Lachen
auszuschütten schien.

Aber mit dem besten Willen konnte ich
nicht mitthun.

Es durchschauerte mich.

Mein Schweizerknab'.

„Und nicht wahr, Sie vergessen mich nicht,
Herr?" — das waren die letzten Worte, die
ich von dir gehört, mein lieber Schweizerknab'.
Du sprachst sie nicht so rein, die Worte, wie
wir. Du sprachst sie rauh, wie es deines Volkes Art. Aber doch drangen sie mir tief, tief
ins Herz. Ich sagte es dir damals schon und
sage es jetzt wieder: nein, nie vergesse ich
dich, mein Schweizerknab'. Ja, und sollte ich
selbst die schneeigen Alpen, auf denen ich
gerutscht, die grünen Matten, auf denen ich
gelagert, die sprudelnden Quellen, aus denen
ich mich gelabt, die schönen Städte, in denen
ich mich erfreut — sollte ich selbst dein ganzes, kleines, schönes Heimatsland vergessen
— — dies einzige Wort aus deiner rauhen
Schweizerkehle: „Und nicht wahr, Sie vergessen mich nicht, Herr!" zaubert mir alles
wie im Traume wieder zurück. Dann sehe
ich dich wieder vor mir, wie du damals mir
zuerst nachliefest und mich batest, dich zum
Führer zu mieten; dann sehe ich dich wieder
vor mir, wie du mit Riesenschritten die steinigten Pfade auf und ab schrittest; dann sehe

ich wieder deinen Blick, den treuherzigen; dann höre ich wieder dein eigentümlich-gutmütiges Lachen, das so oft in den Thälern widerhallte; dann sehe ich wieder dein freundliches, rundes Gesicht, deine gedrungene Gestalt, und glaube dann jedesmal dein gutes Herz unter der braunen Jacke schlagen zu hören. Auch meine ich dann das unheimliche, nie rastende, wilde Rauschen der unbändigen Lütschine zu vernehmen, wie sie kichernd und geifernd an uns vorbeischoss, als wir zusammen an ihrem Ufer einherschritten. Und Lawinengedonner und Alphornklang, Kuhglöckchenschall und Kanonenschussechos, Schweizergejodel und helles Juchzen summt wirr durcheinander dann um meine Ohren her. 'Drunten aber, im kühlen Grunde des Lauterbrunnenthales, erblicke ich dann ein kleines, niedriges Hüttchen. Nur klein ist's fürwahr, winzig klein. Aber drinnen wohnt ein grosses Herz, ein Mutterherz — *dein* Mutterherz, mein Schweizerknab'! O, wie bist du reich, mein armer Knab'! Beneide sie nicht, die aus weiter Ferne herkommen, um ihren vollen Beutel, um ihre Goldgehänge, um ihre schönen Kleider — beneide sie nicht, sag' ich, denn lange wirst du unter ihnen suchen müssen, bis du einen findest, der einen Schatz besitzt, der dem deinen gleicht.

Schweizerknab'! Du wirst mir doch nicht böse werden, weil ich hier etwas aus deinem Leben erzählen will? — dass ich deine Geschichte hier aufzeichne? Denn höre: so schlicht und einfach, so arm und gering du auch bist, mein Schweizerknab' — manch ein

Knab' in meinem Heimatslande kann von dir lernen, wie man soll sein Mütterchen achten und ihr gehorchen und für sie arbeiten, dass sie ihre letzten Jahre in Frieden und ohne Sorgen verbringen kann! Und denke dir, alle, die dies lesen werden, werden deine Freunde sein, und wenn sie einmal in dein Land kommen, dann werden sie nach dir fragen und dich zum Führer durch die Berge wählen. Und sollte ich noch einmal in deine Heimat kommen, mein Schweizerknab', dann weiss ich, was ich thue: dann poche ich zuerst an jener kleinen Hütte an, und wenn's Mütterli noch lebt, sage ich ihr etwas gar Schönes von dir.

Aber gelt, jetzt bist du wohl ein grosser Mann geworden und hast gewiss schon vielmals die Sonne von dem Schneescheitel der Jungfrau aus gegrüsst? Vielleicht ginge ich nun achtlos an dir vorüber, während ich in deiner Gegend weilte! Aber nein! Ich kenne dich, ich werde dich wiedererkennen — nach fünfzig Jahren noch. Dein Haar wird sich freilich mit der Zeit bleichen und wird ausgehen, aber die Augen werden bleiben wie sie sind; die werden sich nicht ändern. Und die sollen daher auch meine Kennzeichen sein.

Und solltest du — könnt's möglich sein? — inzwischen an einer Eiswand abgeglitscht, oder mit einer Schneewand eingesunken und unten am Boden, viele tausend Fuss unten, als Leiche aufgefunden worden sein — mein Schweizerknab', dann besuchte ich dich doch, und wenn's nur wäre, um dein Holzkreuz abzuwischen, damit ich deinen Namen lesen könnte. . . . .

Und nun hört, meine lieben Leser, was ich
hier zu sagen habe. Ich erzähle so gut ich
kann, doch sage ich nichts Unwahres. Und
ich werde bald damit fertig sein. 's ist nicht
viel. Es ist nur die kurze, einfache Geschichte
eines einfachen Schweizerknabens, mit dem ich
vor einigen Jahren einmal fürbass gezogen bin,
im Thal und über Bergesgipfel, und die er mir
selbst erzählt hat in seiner rauhen Mutter-
sprache, inmitten seiner schönen Heimat. . . .

Im engen aber wundervollen Lauterbrunnenthal, in das die Sonne auf ihrem langen Lauf
nur flüchtig hineinzublicken Zeit hat, dort
steht ein kleines Haus. Es ist ein Schweizer-
haus mit einem grossen Dach, auf dem die
Bretter durch grosse und kleine Steine festgehalten werden.

Es ist dies das Haus, in dem mein Schweizerknab' geboren ist.

Sein Vater — Friedrich Rutsch mit Namen
— war ein Führer über die Alpen und auf die
Schneeberge. Er war ein vielberühmter Führer dazu. Wenn ein Engländer in Kniehosen
und Flanellhemd daher kam und auf die Eis-
spitze der Jungfrau oder des Mönchs oder des
Eigers wollte, der fragte immer zuerst nach
Friedrich Rutsch. Daher verdiente derselbe
auch manches Stück Geld und konnte sein
Häuschen drunten im kühlen Lauterbrunnenthal, hart am Strande der Lütschine, gar nett
herrichten und in Stand halten.

So ging es manches Jahr hindurch — im

Sommer verdiente der berühmte Führer so
viel, dass er im Winter daheim hinter dem
warmen Ofen rasten und sich für die kommen-
den Strapazen der nächsten Reisezeit wieder
stärken konnte.

Nie gab's ein glücklicheres Haus im ganzen
Thal, als das des Friedrich Rutsch. Der Vater
war glücklich und sang und jodelte, die Mutter
war glücklich und sang und jodelte, und der
kleine Fritzi sprang im Sommer im Garten
umher wie ein Reh und im Winter sass er auf
des Vaters starkem Knie, zupfte den langen,
grossen Schnurrbart, den der hatte, und versuchte nachzusingen, was Mutter und Vater
mitsammen produzierten.

Aber wie heisst's doch gleich im Sprichwort?
„Glück und Glas — wie bald bricht das!"

So war's auch hier!

Friedrich Rutsch, Vater (so nannte man ihn
jetzt schon zum Unterschiede von seinem kleinen Sohn, der natürlich auch einmal Führer
werden sollte), war wieder als Hauptführer
einer englischen Reisegesellschaft am frühen
Morgen aufgebrochen, um diese über die Wengern Alp und die Kleine Scheideck zum
schneeigen Riesenhaupte der Jungfrau empor-
zuführen.

Als der Vater fortgegangen, mit seinen
Stricken, Pickäxten und Haken, da blickten
ihm die Frau und der kleine Fritzi nach. Sie
waren stolz auf ihn, die beiden. Hatten allerdings auch ein Recht dazu. Niemand weit
und breit hatte ja so starke Kniee wie er, und
niemand einen so schneidigen Schnurrbart.
Seine Schultern waren einen ganzen Schuh

breiter, als die der anderen Führer, und konnten zweimal so viel die steilsten Wege tragen,
als die irgend eines anderen Mannes in Lauter-
brunnen oder Grindelwald. Wo sein grosser
Fuss hintrat, da wuchs freilich kein Gras mehr,
aber dabei trat er so sicher wie ein Gemsbock
und konnte mit seinem Bergstock über riesige,
breite Felsen- und Eisrisse setzen, mit Gepäck
und allem.

Ja, die beiden waren stolz auf den Mann,
der so leicht und kühn und sicher dahinschritt.
Bevor er um die letzte Biegung trat, schaute
er noch einmal sich um. Er nahm seinen Hut
mit der Adlerfeder ab und schwang ihn als
Gruss rückwärts zu seinen Lieben. Die Frau
band schnell ihre Schürze los und that mit ihr,
was der Mann mit seinem Hut gethan. Fritzi
aber warf seinen kleinen Hut mit der kleinen
Hühnerfeder darauf hoch in die Luft und
juchzte laut auf.

Und das war der Abschied, der letzte Abschied, den die Frau von ihrem Mann, der
Fritzi von seinem Vater und der Mann von
Frau und Kind genommen — denn lebend
kamen die drei nie wieder zusammen.

Am nächsten Tage, als die Sonne eben auf
einen kurzen Augenblick ihren täglichen Besuch im Lauterbrunnenthal machte, kam ein
keuchender Mann die steile Wengern Alp
herabgestürzt und schoss geradenwegs auf das
nette Haus am Strande der Lütschine los. Es
war der Jossi, der Bruder der Frau Rutsch und
der Onkel vom kleinen Fritzi.

,,Kathi!'' rief er seiner Schwester zum Fenster herein, ,,Kathi, nehm's nit so schwer,
Dein Mann ist verunglückt!''

„Mein Gott —" schrie die Frau auf und fiel ohnmächtig zu Boden. Sie wusste gleich, was das sagen wollte. Der Jossi legte die Schwester aufs Bett und rief einige Nachbarsfrauen zu Hilfe. Dem kleinen Fritzi aber sagte man nicht viel. Er schlich herum mit einem traurigen Gesicht, wusste aber nicht, weshalb.

Er sollte es gar bald erfahren — zu bald!

Wie die Sonne schon längst wieder weitergezogen war, kam ein seltsamer Zug den Bergpfad herab. Eine schweigsame Gesellschaft war's! Auf einer von vier Mann getragenen Bahre lag ein grosser, gewaltiger Körper. Wer konnte das anders sein, als der Friedrich Rutsch, Vater? Hinter der Tragbahre schritten die Engländer; der erste davon trug den breitrandigen Hut mit der Adlerfeder. Sie brachten die Bahre mit der Leiche ins Zimmer und stellten sie in der Mitte desselben auf ein paar Stühle. Der Engländer legte den grossen Hut auf den Tisch und neben diesen legte er noch etwas — eine Geldbörse. Dann schaute er mit den andern noch einmal die zerschundene Gestalt des braven Führers an und ging darauf hinaus.

Wie sie fort waren, ging der kleine Fritzi an die Bahre hin. Er schaute hinauf — und wusste jetzt, warum ihm so weh ums Herz war. Dort lag sein Vater und rührte sich nicht — und rief nicht wie sonst: „Fritzi!" Er hatte so viele Schrammen im Gesicht, und Blut klebte im Schnurrbart. . . . Bittere Thränen liefen über die kleinen, runden Wangen.

Fritzi war damals an die sieben Jahre alt.

Die Frau konnte nicht beim Begräbnisse ihres Mannes zugegen sein. Sie war seit jenem Tage, da der Jossi die Todesnachricht brachte und sie ohnmächtig hinfiel und ihr Bruder sie auf das Bett legte, lange nicht wieder aufgestanden. Und als sie endlich aufstand, da war sie nicht mehr die runde, starke Kathi von ehedem. Sie schien um zehn Jahre älter. Ihre nussbraunen Haare waren schneeweiss geworden und glitzerten wie der Schneekranz auf dem Haupt der Jungfrau, wenn die Sonne denselben bescheint.

Aber Gott hatte dafür gesorgt, dass sie und ihr Fritzi keine Not zu leiden hatten. Das Geld des Engländers, das derselbe in der Börse neben den Hut seines toten Führers gelegt, hatte hingereicht, die Begräbniskosten des Gatten und Vaters zu bezahlen, und es blieb noch so viel übrig ausserdem, dass es ausreichte, bis die Frau wieder aufstehen konnte. Nun musste sie freilich zusehen, wie sie sich ernährte. Der Jossi, ihr Bruder, hätte schon gethan, was er gekonnt, aber der hatte ja selbst eine so grosse Familie zu ernähren! Doch wie sollte sie für ihren und für Fritzis Unterhalt sorgen, sie, eine schwache Frau? Es fand sich bald etwas. Sie wurde in einem Gasthaus als Magd angestellt und verdiente hier so viel, dass sie kümmerlich sich durchschlagen konnte. Freilich, hart musste sie arbeiten, das ist wahr, aber sie that das ja gern.

Ihre einzige Freude war jetzt der kleine Fritzi. Sie lebte eigentlich nur noch für ihn, für ihn arbeitete sie, für ihn sparte sie sich alles so zu sagen von dem Munde ab.

Aber dem Fritzi ging auch nichts über sein
Mütterli. Wenn er allein daheim war, in
jenem netten, kleinen Häuschen hart an dem
Rande der Lütschine, dann dachte er nur an
sie und wie er sie wohl erfreuen könnte. Er
setzte sich hin und schnitzte kleine Figuren
aus Holz, und wenn sie abends heimkam,
stellte er sie neben ihr Essgerät auf den Tisch.
Dann lachte immer die gute Mutter und sagte
wohl:

,,Ei, mei Fritzi, was hast Du mir da wieder
Schönes geschnitzt! Das ist ja arg schön!''

O, wie glückselig war dann Fritzi über dieses
einzige Wort aus dem Munde des Mütterchens!

Doch Fritzi that bald noch mehr. Er hatte
ja damals, als sein Vater selig noch lebte und
seine Mutter noch nussbraune Haare hatte, so
viele schöne Lieder singen hören. Er versuchte sie nun aus dem Gedächtnisse nachzusingen. Es glückte ihm allerdings nicht ganz
genau. Er sang nicht schön wie sein Vater,
auch nicht so wie seine Mutter — er that aber
so gut er konnte.

Und eines Morgens, da ein grosser Trupp
Fremder von Interlaken her die Lütschine entlang geschritten kam, da stellte er sich vor der
Thür des netten Häuschens auf und sang kräftig in die Morgenluft hinaus seine Lieder.
Ob's schön war, oder ob's bloss komisch war —
gar mancher Fremde liess einige Centimes in
den Hut mit der Hühnerfeder fallen und nickte
dem Sänger freundlich zu.

An jenem Abend hatte es Fritzi wichtig.
Er pflückte Blumen, die hart am Rande der
Lütschine wuchsen, machte einen kleinen

Kranz davon und legte ihn auf den zinnernen Teller seiner Mutter, und in die Mitte hinein legte er seine gesammelten Centimes.

Wie war er gespannt darauf, was die Mutter am Abend sagen würde!

Die Mutter kam heim. Freundlich, wie immer, lächelte sie ihren Fritzi an.

„Aber wo hast Du denn das her, Fritzi?" fragte sie plötzlich, des Geldes ansichtig werdend, mit strengem Blick ihren Sohn. Sie konnte nicht begreifen, wo ihr kleiner Fritzi das viele Geld herbekommen haben sollte.

Fritzi strahlte.

„Ich hab's von den Fremden, Mütterli, die heute morgen hier vorbeigekommen sind."

„Aber wofür haben die Dir's gegeben, Fritzi?" fragte die Mutter weiter, schon wieder freundlicher werdend.

„Ich habe ihnen vorgesungen, Mütterli, was ich noch von den Liedern wusste, die Vater selig immer gesungen."

Gerührt umarmte das Mütterchen den kleinen Sohn und schluchzte: „Ich hab's ja immer gesagt, er wird ganz wie sein Vater selig! Gott erhalte ihn mir, meinen kleinen Fritzi, damit er meines Alters Stütze werde!"

Von jetzt ab verdiente der kleine Schweizerjunge täglich einige Centimes, und täglich lagen sie auf dem Abendbrotteller der Mutter, wenn sie von ihrer harten Arbeit heimkehrte. Dazu schnitzte er jetzt emsiger als sonst seine Figuren und verkaufte sie an die, die des Weges zogen, um sich an der schönen Gottesnatur zu ergötzen und zu laben. —

Darüber vergingen Jahre. Fritzi wurde

grösser und stärker. Er sang jetzt nicht mehr,
aber er schnitzte noch, und schnitzte mit dem
scharfen Messer seines verstorbenen Vaters,
bis ihm Blasen an die Finger kamen und Figur
auf Figur an der Innenseite des kleinen Fensters, zum Verkaufe ausgestellt, bereit lagen.

Manchmal auch ging er schon auf Ent-
deckungsreisen aus. Er klomm die steinigten
Pfade empor, die sein Vater früher so oft
gezogen. Es zog ihn mächtig hinan auf die
Höhen, in die frische, klare Luft, wo man
Gott und den Sternen und dem Himmel um so
vieles näher zu sein scheint, als drunten im
Thal. Es zog ihn, den Führerssohn, auf die
Berge, den schnee- und eisbeladenen, wie es
einen Seemannsjungen zieht hinaus aufs Meer,
aufs wilde.

Bald kannte der Fritzi jeden Steig und jeden
Pfad auf der Alp und jenseits der Scheideck
im Grindelwaldthal. Er war überall gern
gesehen. ,,Das ist der Knab' vom Friedrich
Rutsch, der auf der Jungfrau verunglückt ist.
Der wird wie sein Vater!'' sagte man hin und
wieder.

Und in der That, es waren alle Vorzeichen
dazu da. Er wurde stark und breit. Mit
sechzehn Jahren sah er schon aus wie zwanzig.

Da sagte er eines Morgens zu seiner Mutter:

,,Mütterli — Du sollst jetzt nicht mehr Dich
so plagen. Dein Rücken wird so weh; ich
sehe es, es wird Dir schwer, jeden Tag im
Gasthaus zu helfen. Ich bin jetzt alt genug.
Ich weiss jeden Weg über die Alp nach Grindelwald. Ich werde jetzt ein Führer, Mütterli.
Nur um eins möchte ich Dich bitten: um den

Hut, den Vater selig getragen, den mit der
Adlerfeder. Mütterli, ich ruiniere ihn gewiss
nicht! Und wenn ich den auf habe, dann
kriege ich viele zu führen!"

Die Mutter durchzuckte es schmerzlich.
Jetzt wollte ihr Einziges·also die Arbeit anfangen, die ihr Mann selig gethan und bei der er
so jämmerlich umgekommen. O, wenn auch
er sollte den jähen Tod seines Vaters sterben
und eines Tages zerbrochen und zerschunden
ins Haus getragen werden! Das bräche ihr
das Herz entzwei! Aber sagen that sie nichts.
Es war ja alles selbstverständlich. Im Lauterbrunnenthal wird der Sohn eines Führers —
Führer. Das ist abgemachte und altherge-
brachte Sache. Und dann — es lebt ja immer
noch der alte, grosse, liebe Gott im Himmel.
Der konnte ihren Sohn ja schützen, wenn er es
für gut hielt.

Der Fritzi bekam also den Hut des Vaters
mit der Adlerfeder und wurde — Knab', das
heisst: ein junger Alpenführer. Seine Mutter
blieb jetzt daheim. Sie wollte erst nicht, aber
der Fritzi hatte so lange gebettelt, bis sie nach-
gegeben. Er, der sechzehnjährige Sohn, wollte
sie nun ernähren — sie habe lange genug für
ihn sich abgequält, so sagte er. Und niemand
arbeitete härter und emsiger im Thal, denn der
Fritzi. Im Winter schnitzte er, im Sommer
führte er die Fremden. Manchmal wohl ging
es ein wenig knapp in dem Häuschen her —
er verdiente noch lange nicht so viel wie sein
Vater selig; aber das entmutigte den tapferen
Knaben nicht im geringsten — es feuerte ihn
im Gegenteil stets zur Arbeit an und er tröstete

sich immer mit dem Wort: „Morgen wird es
besser werden!"

Er sah sonderbar genug aus in dem gross-
mächtigen Hut seines Vaters. Die Mutter-
hatte innen etwas hineinstecken müssen, dass er
nicht tief hinabsinken und den ganzen Kopf
verhüllen konnte. Aber niemand lachte
darüber. Nein! Ein jeder Führer im Lauterbrunnenthal wäre nur zu froh gewesen,
diesen Hut und diese stolze Adlerfeder, die
solch ein berühmter Mann, wie der Friedrich
Rutsch, Vater, einer war, getragen, besitzen
und tragen zu dürfen!

Und so steht er vor meinem Auge — so war
er, als er mich auf meiner weiten Fusstour
begleitete.

Es war an einem glühendheissen September-
tag. Er kam auf mich zu, just da ich die
Wengern Alp besteigen wollte. Die seltsame
Gestalt zog mich an. Der grosse Hut mit der
Adlerfeder stach mir in die Augen. Das
offene Gesicht sah mich freundlich an, und als
aus seiner rauhen Kehle rauh heraus kam:
„Herr, brauchet Sie einen Knab'?" da nickte
ich ihm unwillkürlich zu, obgleich ich erst
vorhatte, allein zu gehen.

Wir stiegen rasch und unermüdlich. Er
war mir immer drei Schritte voraus. Vom
ersten Haltepunkt aus zeigte er auf ein kleines
Häuschen drunten im Thal: „Dort wohnt
mein Mütterli und ich, Herr!" sagte er.

Aber damals verstand ich noch nicht, warum
er so innig hinabblickte. Erst später — spät
am Abend erfuhr ich's, als wir in tiefer Dunkelheit im grausigen Thal der schwarzen

Lütschine — nach Zweilütschinen hin — neben-
einander wanderten. Da erzählte er mir seine
Geschichte. Er schloss diese folgendermassen:

„Und o! wie wird's Mütterli sich freuen,
Herr, wenn ich ihr von Ihnen erzähle, wie gut
sie mit Ihrem Schweizerknab' gewesen!"

Er sah mich innig mit seinen gutmütigen
Augen unter seinem breitrandigen Hute hervor an. Nachdem ein paar Minuten tiefe
Stille geherrscht, während welcher nur die
tolle, wilde Lütschine und das Geräusch
unserer spitzigen Alpstöcke vernehmbar war,
fuhr der Knab' fort:

„Und ich freue mich auch, Herr, dass ich
dem Mütterli etwas mitbringen kann heute
nacht. Die letzte Zeit war es nicht viel mit
dem Führen. Es regnete zu viel, und da kommen wenig Fremde ins Thal."

„Was bringst Du Deinem Mütterli denn
alles mit?" fragte ich.

„Nun, Herr, das Geld. So viel, wie Sie
mir versprochen, habe ich lange nicht bekommen. Und dann —"

„Und dann?"

Dem Schweizerknaben ward es heiss im Gesicht als er sagte:

„Verzeihen Sie, Herr, aber ich bringe ihr
etwas mit von den Sachen, die Sie mir zum
Essen auf der Wengern Alp und der Kleinen
Scheideck ins Führerzimmer geschickt haben.
Es war so gut —"

„Aber dann musst Du ja entsetzlich hungrig
sein, wenn Du das nicht gegessen!"

„Ich bin nicht hungrig, Herr. Und dann
— hat's Mütterli etwas anderes für mich

daheim, das ich viel besser beissen kann als sie, das mir viel besser bekommt als ihr."

Ja, jetzt wusste ich, was ich in den Augen den ganzen Tag über gesehen und doch eigentlich nicht gewusst hatte, was es war — die grosse Kindesliebe. Mein Schweizerknab' hatte den ganzen Tag gehungert, bloss um seiner Mutter einen guten, weichen Bissen heimbringen zu können. Und wir hatten einen gar saueren Tag hinter uns. Hätte ich nicht etwas Ordentliches zu mir genommen gehabt, ich wäre sicherlich nicht so weit gekommen. Aber mein Knab' schritt noch rüstig neben mir her. Er war eben stark und kräftig wie sein Vater — das merkte auch ich.

Mittlerweile waren wir in Zweilütschinen angekommen. Dort, wo die schwarze Lütschine sich mit der weissen vereinigt, steht eine Laterne. Hier wollten wir uns trennen. Ich zahlte bei ihrem flackernden Lichte meinem Führer seinen wohlverdienten Lohn aus und blickte noch einmal in seine gutherzigen Augen. Dann nahm ich seine grosse, breite Hand in die meine und schüttelte sie kräftig.

„Und nun behüte Dich Gott, mein Knab'. Werde ein Mann, wie Dein Vater einer war — ein treuer, fleisiger, christlicher Mann. Und bleibe immer Deiner lieben, teuren Mutter gut, dann wird Dir's wohl ergehen."

„Ja, Herr, werd's versuchen! Und nicht wahr, Sie vergessen mich nicht, Herr?"

„Nein, nie, mein Schweizerknab', vergesse ich Dich! — Doch jetzt eile, dass Du heimkommst, es ist schon spät. Grüsse Dein Mütterlein von mir, gelt?"

Er nickte.

Dann fasste ich meinen schweren Alpstock
fester und marschierte weiter in die Dunkelheit hinein, nach Interlaken zu — allein.
Noch einmal blickte ich zurück. Der Schweizerknab' drehte sich eben von der Laterne weg
und schritt mit langen, gleichmässigen Schritten in entgegengesetzter Richtung — seinem
Mütterlein zu. Das letzte, was ich von ihm
sah, war der grosse Hut mit der mächtigen
Adlerfeder.

Die Königin in der Nacht.

(Beinahe ein Märchen.)

———

Es war ein prächtiger Garten, auf den der
Eigentümer viel Geld und noch mehr Zeit verwandt hatte, auf den er aber auch mit Fug
und Recht als auf etwas Extrafeines hinweisen
konnte. Er hatte darin alle möglichen Arten
von Pflanzen, Gewächsen, Bäumen und Sträu-
chern stehen, die nicht alle diese Gegend ihre
Heimat nannten und die ich hier gar nicht so
schnell alle nennen kann — aber es war gewiss
ein Ort, wie's keinen zweiten auf der Erde gab.

Am Tage verhielten sich dort die Blumen,
die Bäume, die Sträucher, die Kräuter sehr
anständig, sehr still, denn da war zu viel Lärm,
zu viel Musik in der Atmosphäre, um sich zu
unterhalten, um sich gegenseitig zu schmei-
cheln oder herunterzuputzen. Da der Garten
gross war, musste es schon sehr ruhig sein,
wenn ein kleines Vergissmeinnicht oder eine
Kleeblume überall verstanden werden wollte.
Also am Tage konnten immer nur die nächsten
Nachbarn sich verständigen.

Aber des Nachts — des Nachts, wenn alles

ins Bett gegangen war, die grossen Leute, die
Schwalben, die Bienen, die Kolibris und die
Fledermäuse, wenn keine Wagen mehr auf der
Strasse rappelten und den Staub aufwirbelten
— dann war es um so lauter hier, dann legte
alles was konnte los, dann summte und piepste
und kreischte und flötete und lachte und pfiff
ein jegliches nach seiner Art oder auch Unart,
und es war ein Wunder, wie sie sich in einem
solchen Durcheinander verständlich machen
konnten. Die Rosen und Veilchen und Mai-
glöckchen hatten ein feines, zierliches Geba-
ren, dass ihnen angeboren war, ihre Stimmen
waren lieblich und angenehm, dazu sprachen
sie nicht hastig, brauchten keine garstigen
Worte und waren dem Anscheine nach auch
nicht gehässig, nicht neidisch. Die Geranien,
die Mohnblumen und Konsorten wollten ebenso
fein thun, machten sich aber nur lächerlich
dadurch, denn man konnte ihnen das Gezwun-
gene, das Gemachte auf den ersten Blick an-
merken, dazu war ihr Gerede sehr affektiert.
Mit am schlimmsten war in dieser Hinsicht der
Klee; er liess seine Ungeschliffenheit immer
durchblicken und lachte manchmal mitten im
feinseinsollenden Satze roh auf und machte
unpassende, schlechte Witze. Dann stiessen
sich wohl die Rosen und blickten sich von der
Seite vielsagend an, und die Veilchen schlugen
sittsam ihre Augen nieder. Nur wenn der
Feigenbaum seine im nördlichen Klima allerdings etwas heiser gewordene Stimme erhob
und ihm ein Märlein aus seiner orientalischen
Heimat über die Lippen floss, war's im Garten
mäuschenstill. Am ruhigsten aber verhielten

sich die verschiedenen Arten von Kakteen, sie
sprachen niemals etwas; deshalb wurden sie
allgemein entweder für stumm oder für boden-
los dumm gehalten, waren aber im Grunde
weder dumm noch wirklich stumm, sondern
nur wahrhaft bescheiden.

Auf diese Weise waren sechs Sommer vergangen. Mit ihnen vergangen waren auch
viele Blumen, denn auch in diesem Garten galt
die Parole: treibe, blühe, verwelke, verdorre,
verwehe, verschwinde. Aber vom Eigentümer
des Gartens und seinen Helfershelfern waren
sie sogleich durch andere ersetzt worden, so
dass man nie einer Lücke gewahr wurde. Die
Bäume und Kakteen waren freilich noch nicht
ausgegangen, sondern waren weiter gesprossen,
höher aufgeschossen. Die Veilchen und Vergissmeinnicht und Schneeglöckchen kamen
ebenfalls wieder und brachten jedesmal mehr
mit, gerade wie das wuchernde Moos. Auch
ein Geraniumstock hatte sich gesund erhalten,
war gross und stark geworden und hatte nichts
besseres zu thun, als sich dessen zu rühmen.
Die anderen Blumen mussten es täglich hören,
da er stets das Wort führte. Er hatte ein
gewaltiges Mundwerk, wollte alles wissen und
sein grösstes Vergnügen war, wenn er einen
anderen Blumenstock ärgern konnte; und wenn
er an denen nichts mehr auszusetzen hatte, liess
er seinen Spott an den Kakteen aus, die alles
ruhig einsteckten. Am ärgsten nahm er einen
langen, schlankgewachsenen Kaktus mit, der
in seiner unmittelbaren Nähe bereits an die
sieben Jahre stand und von dem er positiv
wusste, dass er ihm kein Leids dafür zufüge.

Eines Nachts nun, als die Mondsichel mitten-
wegs zwischen dem Zenith und dem Horizont
stand und den Garten matt erleuchtete, hatte
der Riesengeranium wieder sein Wesen. Er
hatte sich die Sprachweise einer Marshal Niel-
Rose, die vor einigen Jahren in seiner Nähe
gestanden, angeeignet, was zu dem grossen Kerl
gar übel passte. Und so sagte er spöttisch:

„Nun, werter Herr Kaktus, wie geht's Ihrer
achtbaren Person denn heute abend. Sie
lassen ja gar nichts von sich hören. Wir
stehen uns schon an die sieben Jahre gegenüber, und während ich meine tausendste Blüte
längst gezeitigt habe, haben Sie noch keine
einzige Blume gehabt, noch viel weniger je ein
Wort gesagt. Hehehe! ... Ich glaube, Sie
wollen nur nicht! Wie? Nur nicht sich
geniert, wir lassen auch Sie gern einmal zu
Worte kommen. Also — erzählen Sie uns
etwas! Man tau! Man tau! Hehehe!"

„Man tau! Hehehe!" äffte das Moos mit
halboffenen Augen.

„Man tau! Hohoho!" äffte der breitmäulige Klee.

Und das lachte und kicherte hin und her
lange Zeit, von dem Chrysanthem bis zur
Lilie, von dem Flieder bis zum Jasmin.

Dann fing der Geranium wieder an:

„Mein lieber Herr Kaktus, so seien Sie doch
nur einmal so gut, und machen Sie uns die
Freude und tragen Sie ein Gedicht vor, ein
sentimentales Gedichtchen, wo der Mond drin
vorkommt! ... Oder soll ich Sie vielleicht
mit einer Blume schmücken? Ihre Kleidung
ist nicht gerade hochelegant. Der Ausdruck

für Ihre Toilette ist in unserer Sprache: Nackt-
heit. .... Vielleicht ein paar Blätter gefällig?
oder ein paar Blüten? O, die kann ich ent-
behren; ich sitze ja, wie Sie sehen, dick voll
davon. Man wird es gar nicht bemerken,
wenn ich einige davon herleihe. Wenn Ihre
Zeit kommt, können Sie mir dieselben ja zurück-
geben — wenn ich auch lange warten muss.
.... Nun, einige Blüten gefällig? — einige
Blätter? Hehehe!"

„Einige Blüten gefällig? — einige Blätter?
Hehehe!" äffte das gähnende Moos.

„Einige Blüten gefällig? — einige Blätter?
Hohoho!" äffte der breitmäulige Klee.

Und das lachte und kicherte hin und her
abermals eine lange Zeit, von dem Chrysanthem
bis zur Lilie, von dem Flieder bis zum Jasmin.

Als dieses Reden und Lachen aber den Kaktus nicht im geringsten anfocht, wurde der
Geranium ärgerlich und schrie:

„Sie Ignoramus, Sie, haben Sie denn in der
ganzen Zeit, während welcher Sie in meiner
Nähe gestanden, so wenig Anstand gelernt,
dass Sie nicht einmal antworten! Ich will
Ihnen etwas verraten. Neulich hat mir der Herr
gesagt — und es war erst gestern abend, nachdem er Sie von oben bis unten mit prüfendem
Blick gemustert — dass Sie hier fort müssen,
da Sie die ganze Aussicht auf mich wegnehmen.
Es ist so, Herr Kaktus, Sie kommen fort!
Hehehe!"

„Kommen fort! Hehehe!" äffte das schlaf-
trunkene Moos tausendfach ringsum.

„Kommen fort! Hohoho!" äffte der breitmäulige Klee.

Und das lachte und kicherte höhnisch hin
und her, von dem Chrysanthem bis zur Lilie,
von dem Flieder bis zum Jasmin. Es war ein
solcher Spektakel und er dauerte so lange an,
dass der Herr in seinem Schlafgemach im
Schlummer gestört wurde, seinen Kopf mit der
Zipfelmütze zum Stubenfenster heraussteckte
und Ruhe gebot.

Obgleich der Geranium heimlich aufhetzte
und leise flüsterte: „Nur zu! Nur zu, meine
Herrschaften!" so wurde das Lachen plötzlich
weniger. Bloss hin und wieder platzte noch
eine Moosblume oder ein grober Klee heraus.

Aber der Kaktus rührte sich noch immer
nicht und blieb stumm.

Am anderen Abend wurde es aber lebendig
im Garten, und die Rosen und die anderen Blumen, Sträucher und Bäume wussten gar nicht,
wie ihnen geschah. Der grosse Geranium
hatte zwar gleich zu seinen Nachbarn geflüstert,
dies alles sei seinetwegen, weil er so kolossal, so
voller Blumen sei. Aber heute glaubte man
ihm einfach nicht: da musste mehr zu Grunde
liegen. Denn es wurden Lampions aufgehängt,
Wein- und Bierfässer hereingerollt, und in allen
Wegen, der kreuz und der quer, glitten eifrige
Bediente hin.

„Ich kann Euch sagen: das ist ganz sicher
meinetwegen!" sagte nochmals der Geranium
selbstbewusst.

„Nein — gewiss unsertwegen!" sagten die
Rosen.

Und alle, auch der Feigenbaum nicht aus-
genommen, meinten endlich, es sei ihretwegen,
dass man den Garten so schön beleuchte und
herrichte. Nur der Kaktus liess nichts von
sich hören; es schien aber zum erstenmal seit
sieben Jahren, als habe er etwas Besonderes in
petto.

Plötzlich wurden die Gartenpforten geöffnet
und herein strömte Besuch auf Besuch, so viel,
wie die Blumen noch nie beisammen gesehen
hatten. Die prächtigsten Karossen fuhren
vor, die Damen kamen in Seide und echten
Spitzen, die Herren in langschwänzigen
Fräcken, weissen Westen, weissen Kravatten
und halsabsäbelnden Kragen. Dann brachten
die Bedienten Stühle herzu und stellten sie um
den schlanken Kaktus herum, aber so, dass die
Rücken derselben dem Grosshans Geranium
zugewendet waren.

„Na, was soll denn das!" keifte der Geranium wütend. „Sind die ganz verrückt!"

„Sind die ganz verrückt?" sagten einige
andere. „Vor den dummen und stummen
Kaktus lassen die sich nieder? Was ist denn
das? Dreht sich etwa die Welt nicht mehr?
Oder dreht sie sich rückwärts?"

Doch die Leute blieben so sitzen. Sie tran-
ken Wein und Bier, rauchten Havanas, lachten, sprachen, sangen — kurz, hielten ein
wahres Sommernachtsfest ab.

Bald steckte man, da die Mondsichel ihren
Docht nicht in Ordnung hatte, einige Lampions gerade über dem Kaktus an, so dass er
in seiner ganzen Länge sichtbar wurde.

Und was war denn das? Alle Blumen,

Sträucher, Bäume, alles was sich im Garten
befand reckte die Hälse so weit es anging und
riefen: „Was ist denn das?"

Der Geranium schrie:

„Ich kenne ihn doch schon sieben Jahre, den
nackigen Kerl, und noch nie hat er sich ausgezeichnet. Sollte er so spät noch und in der
Nacht blüh—"

Er mochte gar nicht daran denken; es wäre
aber auch zu widerlich und unverschämt!

Aber daran liess sich nun nichts ändern:
er blühte! Eine grossmächtige, majestätische
Knospe zeigte sich am kahlen Stamm, brach
sich, entfaltete sich fast zusehends und wurde
immer grösser, immer herrlicher!

„Ah!" riefen sie alle, die da versammelt
waren, und ihre Augen funkelten vor Ent-
zücken. „Ah! Das ist etwas Wundervolles!
Seht nur diese Pracht! Diese Staubfäden!
Ah! — und wie sie duftet! Es ist eine echte
Königin!"

Es ging ab und zu; bald stand dieses Paar
auf und trat näher zu der Blume hin, bald
jenes. Um die anderen Pflanzen kümmerte
man sich nicht. Man merkte nicht, dass die
sich grau und schlaff ärgerten. Man trat auf
dem Moos herum, als ob es Sand sei; man
riss die Rosen um, die Jacqueminots, die Ka-
melien; man verquetschte selbst Veilchen,
bloss um zu sehen, wie die eine, die einzige
Blüte des Kaktusses sich aufthat! An jenem
Abend existierte nichts ausser diesem Gewächs,
ausser dieser Blume — sie regierte, die Königin
in der Nacht!

Als sie gerade am schönsten stand — viel-

leicht um Mitternacht — wollte ein schwerer
Herr aufstehen, der dicht neben dem grossen
Geranium sass.   Er glitschte auf dem Moos
aus, fiel rückwärts und brach den Riesenstock
mit seinen hundert Blüten gerade über der
Erde ab!   Der dicke Herr war weich gefallen
und hatte sich nicht beschädigt, aber er bedauerte den Unfall, des Stockes wegen, sehr.

Der Eigentümer jedoch lachte und sagte:

„Ach was!   Geranien hat alle Welt; sind
das reinste Unkraut; den habe ich bald wieder
durch einen anderen ersetzt!"

Nun wurde die Blume der Königin abge-
schnitten und in ein mit Alkohol gefülltes
geschliffenes Krystallglas gesteckt, damit sie
nie verwelke.

Das war der Schluss des Sommernachtsfestes.
Eine Kutsche nach der anderen zog ab.   Es
wurde still.   Die Lichter gingen aus.   Aber
als der Hausherr im Haus verschwunden und
zu Bett gegangen war, da hörte man ein tau-
sendfältiges, vielstimmiges Gegreine im Garten
und dazwischen ein fürchterliches Grunzen und
Schluchzen, welch letzteres von dem geknick-
ten Geranium hertönte.

Der schlanke Kaktus aber blieb still, schaute
sogar betrübt die Verwundeten an, die die
Stille der Nacht mit Aechzen und Stöhnen
erfüllten.   Nur als eine Centurie, die auch
viel sich hatte von dem Geranium gefallen
lassen müssen und sich dafür nun entschädigen
wollte, in ein dröhnendes, lautes Gelächter
ausbrach, da schüttelte sich die Königin und
wisperte der Centurie zu:

„Ich bitte Dich, sei still, liebe Centurie!

Ich meine, die sind genug bestraft für ihren Leichtsin. Es ist nicht schön, wenn man sich über das Unglück anderer lustig macht!"

Die Centurie errötete und schwieg.

Von der Zeit an aber hatte der Kaktus Ruhe vor den giftigen Zungen der Mitbewohner des Gartens und wurde von ihnen bis an sein Ende mit grossem Respekt angestaunt und in Ehren gehalten.

Der Pauper.

Der ganze Ocean ist *ein* grosses, nasses, unheimliches Wellengrab, und wer zählt sie alle, die dort unter dem viele Klafter tiefen, salzigen Wasser, zwischen Seegras und Meermuscheln, zum letzten Schlaf gebettet liegen? Könnte man für jeden derselben ein Kreuz, mit Namen und Todestag darauf, einpflanzen, dort an der Stelle wo er liegt oder lag, dann brauchten die kreuzenden Seefahrer nicht mehr den Kompass zur Leitung über die grausige Untiefe, dann würde man einfach an den Grabeszeichen entlanggleiten und nach den Namen und Daten, die darauf verzeichnet sind, das Steuer drehen, — gerade wie man auch eine Stadtstrasse entlanggeht, deren Häuser mit Schildern und Ziffern versehen sind, und nach welchen man seine Schritte richtet. . . .

Aber der Mensch kann die Zahl nicht zählen, er weiss nichts von der Masse der dort schweigsam Ruhenden. Und selbst diejenigen, von denen er wusste, dass sie unter diesem oder jenem ruhelosen Gewässer schlummern, deren Namen er wohl einmal hat nennen hören, als

zu den dort Begrabenen gehörig — — er hat
sie bald genug vergessen, sie sind seinem Gedächtnisse entfallen.

Nur einer ist da, der sie alle noch kennt und
weiss — alle, die mit und die ohne Namen:
Gott weiss sie alle wiederzufinden, und er wird
sie einst, auch aus der tiefsten Tiefe, auch aus
der wildesten See, bei ihren Namen hervor-
rufen, und wird dann auch über sie sein Urteil
fällen und sie zur Rechten oder Linken seines
Richtstuhls stellen, gleichwie uns andere. . .

Wie kamen aber die ungezählten Tausende
alle dazu, in dem nassen Grabe zu ruhen?

Hierauf könnte uns auf dieser Welt nur das
Ungetüm selbst, das Meer, ausführliche Aus-
kunft geben. Aber das bleibt stumm, stumm
wie ein jedes Grab. Es wütet und rollt, es
stürmt und tobt über alles hinweg, was einmal
von ihm erobert. Und wagst du dich selbst
hinaus, um es zu befragen, so wirft es auch
nach dir seine langen Fänger aus und versucht,
dich zu erhaschen. Dann giebt es nur einen
Hafen, der Schutz bietet. Wohl dir, wenn du
den kennst! . . .

Von einigen weiss man schon, wie sie zu dem
nassen Grabe gekommen.. Diese fuhren auf
einem Fahrzeug, das auf hoher See, bis zur
höchsten Mastspitze hinauf, verbrannte, so das
nichts als Asche, Asche, Asche auf den Grund
des Meeres fiel; jene auf einem Schiffe, das
von brausenden Sturmwellen und Sturmwinden
zerknickt wurde, wie ein Kartenhaus zerknickt
wird von einem Orkan, der über die Ebene
rast; andere waren so unglücklich, sich auf
einem Fahrzeug zu befinden, dessen Kiel von

einem starren, unsichtbaren Korallenriff auf-
geritzt wurde und infolgedessen mit Mann und
Maus schnell oder — was noch grässlicher ist —
langsam untergesunken ist; andere wieder
rannten mit ihrem Schiffe auf eine Sandbank
und wurden entweder von den Sturzwellen zu
Tode gepeitscht oder beim Rettungsversuch
vom Triebsande lebendig verspeist; noch
andere fielen in einer Seeschlacht, vom Feinde
verwundet, auf Nimmerwiedersehen hinab;
noch andere wurden von Seeräubern abge-
schlachtet und über Bord geworfen. . . . Die
allerwenigsten jedoch, das weiss man, sind an
Bord eines Schiffes natürlichen Todes gestorben
und von ihren Mitpassagieren mit oder ohne
Ceremonieen, nach den Regeln der Seefahrer,
im Ocean beigesetzt worden.

Zu diesen letzteren gehörte aber der *Pauper.*

II.

Vor einigen Jahren war's, da machte ich mit
mehreren Freunden eine Reise von New York
nach Bremen. Gleich hier im Anfang will ich
sagen, dass wir im Zwischendeck reisten. Wir
wollten es einmal, so sagten wir, mit durch-
machen, was wöchentlich so und so viel Tausend armer Auswanderer fertig brachten. Der
Hauptgrund aber, den jedoch bis zum heutigen
Tage niemand kennt, war der, dass wir auf
diese Weise glaubten, eine Summe sparen zu
können, die uns erlauben würde, drüben ein
ganzes Land — etwa die Schweiz oder Italien
— mit Pomp zu durchstreifen, — eine Spekula-

tion, die total Schiffbruch litt, sintemal wir so
viel Nebenausgaben, z. B. an den Bäcker,
den Koch etc., zu bestreiten hatten, dass wir,
alles in allem genommen, ebensogut Kajüte
hätten fahren können.

Ueber die ersten Tage der Seereise will ich
hinweghüpfen; sie waren nichts weniger als
angenehm. Erstens mussten wir uns im Anfang an unser unschönes Quartier gewöhnen:
an den betäubenden Geruch (den kennen zu
lernen allein die Passagegebühr wert ist, weil
er an und für sich schon seekrank macht!), an
die sonderbaren Bettstellen (in die man, wenn
man kein geübter Turner ist, ich weiss nicht
wie, aber erbärmlich schlecht kommen kann),
an die unappetitlichen Schlafkameraden aus
aller Herren Länder, an die noch unappetit-
licheren Waschvorrichtungen (wo man, wenn
man nicht jeden Morgen den Koch bitten
wollte, dass er einem „süsses" Wasser gäbe,
mit dem Salzwasser immer schmieriger wurde,
als der fortwährende Aufenthalt an Deck an
sich schon machte), an die unbequemen Schlaf-
kleider (wir machten nämlich aus verschiedenen, hier nicht aufzuzeichnenden Gründen
keine besondere Nachttoilette, sondern legten,
oder vielmehr turnten uns, wie wir waren, in
Stiefeln, Hose, Weste, Rock und Ueberrock,
mit Uhr und Kragen und Schleife und Man-
schetten — kurzum: fix und fertig für die
Deckpromenade am nächsten Morgen, in unsere
Matratzenhöhle und deckten unsere Füsse
höchstens noch mit kleineren Reiseutensilien,
als da waren Handköfferchen und Shawlriemen-
Paketchen, zu). Zweitens war ich aus den

angeführten und noch anderen unangeführten
Gründen total unfähig, irgend welche Beob-
achtung anzustellen, wusste eigentlich kaum,
wo ich mich befand und mit wem ich zusammen war. . . .

Ja, ich übergehe die ersten Tage und fange
mittenheraus zu erzählen an.

Als ich eines Morgens aufwachte (es mochte
nicht mehr sehr frühe gewesen sein, denn ich
war mein Lebtag keiner von den „Frühen")
und gewohnheitsgemäss mich auf die rechte
Seite rollte, sah ich, wie sich zwei Männer ab-
plagten, einem alten, gebrechlichen, anschei-
nend sehr kranken Mann die schlüpfrige,
wackelige Treppe (besser: Leiter) hinaufzu-
helfen, die auf das Deck führte. Es war offenbar ein schweres Stück Arbeit, aber endlich
gelang sie. Mir fiel dieser Transport an die
Oberfläche auf. Es giebt ja sonst auf einem
Seedampfer, besonders im Anfange einer
Fahrt, so mancherlei Scenen des Elends zu
beobachten, und ich hatte — leider! — deren
auch schon viel gesehen. Man wird es nach
und nach gewohnt, bleichen, oft zum Tode
matten Gestalten zu begegnen. Aber der
Blick wird auch durch das viele Sehen und
Beobachten geschärft, und man sieht nachher
leicht, ob es bloss die übliche Seekrankheit
oder etwas Bösartigeres ist, was diesen oder
jenen befallen. Die Gestalt des alten Mannes
sah entschieden anders aus, als ob nur die Seekrankheit Sitz in ihr genommen.

Neben mir dehnte sich einer von meinen Freunden. Er hatte offenbar die Scene mit angesehen, und ich fragte ihn etwas laut, da ich fürchtete, seine Ohren seien noch nicht ganz erwacht:

„Was dem Manne wohl fehlen mag?"

Plötzlich vernahm ich ein Gerumpel in der Etage über uns. Als ich aufschaute, sah ich, wie ein auffallend hässlicher Kopf sich aus dem oberen Bett heraushängte, der mit einer rauhen Stimme, von höhnischem Grinsen begleitet, unaufgefordert herunterkrächzte:

„Der hat die Gelbsucht, der Mann, das kann man ihm ja ansehen. Es ist ein Pauper. Draussen hat man ihn los sein wollen und hereingeschickt, weil er der Kommune zur Last gefallen, und jetzt schickt ihn Uncle Sam wieder zurück, weil er nicht zu gebrauchen ist. Der reist billig! Haha! Ich wünsche, ich könnte auch umsonst reisen. — Möchte aber doch nicht an seiner Stelle sein. Der krepiert, noch ehe wir die Lizards erreicht haben!"

Hui! Wie entsetzlich, unter solchen Menschen zu verweilen! Weit entsetzlicher aber noch, in solchem Raume krank sein zu müssen, vielleicht gar zu sterben! Eins, zwei, drei! war ich aus dem Bett und die Treppe hinauf. Ich hörte hinter mir noch das heisere Gelächter des rätselhaften Passagiers herschallen. Mir wurde schlecht. Ich lief an den Rand des Schiffes und machte dem Meere wieder einmal eine schmerzhafte, tiefgehende Verbeugung.

Als ich mich endlich wohl genug fühlte, sah ich mich nach dem Pauper um. An einen Ort, wo die frische Brise herwehte, hatten die

barmherzigen Männer den alten Mann hin-
gebettet — auf einen zerlumpten, blauen Man-
tel. Allerdings, der krächzende Kopf hatte
recht, wenn er sagte, dass der Kranke die Seereise nicht überstehen werde. Fast schon tot
lag er da, teilnahmlos, schwerschnaufend.
Sein welkes Gesicht war schier citronengelb
und seine starren Augen schienen aus sinne-
losem Glas gefertigt. Ohne zu fragen konnte
man sehen, welche furchtbare Strapaze diese
Reise für den schwachen Körper sein musste,
und ich verwunderte mich, dass man diesen
Mann hatte so fortschicken können.

Ich fragte ihn einiges, bekam aber keine
Antwort, und die Männer wussten selbst nicht
mehr, als dass er ein Pauper sei und nach
Deutschland zurückgeschickt werde. Er habe
keine Angehörigen weiter draussen als eine
junge Tochter, die in einem Waisenhause
untergebracht wäre. Er sei lange im Armen-
hause — wo, das wussten sie nicht — gewesen,
habe aber der Ortskommune zu viel gekostet,
so habe diese schliesslich zusammengelegt und
ihn herzlos, ohne der Tochter etwas davon zu
sagen, nach Amerika gesandt. — Das andere
wusste ich schon, und dass er keinen Cent Geld
mehr hatte, konnte ich mir auch denken...

Das war ein trostloses Bild, in der That ein
jämmerliches! Aber ich wusste keinen Rat, da
ich damals noch sehr unerfahren in solchen
Dingen war. Auch hatte ich durch die Seekrankheit fast alle Gedanken verloren. So
stand ich lange da, in dem Anblick versunken.

Nach einiger Zeit holten mich meine
Freunde von hier weg, um mit ihnen auf das

Deck der Kajüte zu gehen, wo wir mehrere
Bekannte hatten und wir uns den Tag über
ausschliesslich aufhielten. Und erst spät in
der Nacht, erst wenn in unserem eigentlichen
Departement schon alles sich zur Ruhe bege-
ben, suchten wir die Matratzengruft wieder
auf, und wachten, trotz unserer nicht benei-
denswerten Lage, wahrscheinlich nicht lange
genug, um Beobachtungen um uns her an-
stellen zu können. Und da wir morgens, sobald wir die Augen aufgethan hatten, wieder
hinausstürmten, so kam es wohl, dass wir den
Pauper, wenn auch nicht aus dem Sinn, so
doch bald aus dem Gesicht verloren hatten. . .

Doch in einer Nacht — es war eine stür-
mische, unfreundliche Nacht — kam es mir
gerade wie im Traume vor, als ob ich ein
jämmerliches Gestöhne vernähme, verfiel
aber sofort wieder in tiefsten Schlaf. Dies
wiederholte sich öfters. Einmal jedoch
schreckte ich plötzlich auf. Ich wusste nicht,
weshalb. War's der Sturm, war's etwas
anderes? Ich blickte um mich. Düster und
unheimlich war der riesige Schlafraum. Ein
paar blasse Lichter erleuchteten matt die von
dickem Dunst erfüllte „Kammer". Nicht
weit von unseren Betten hörte ich ganz deutlich jetzt jemanden ächzen und stöhnen. Ich
blickte dahin, wo es herzukommen schien. Es
war bei dem fahlen Lichte nicht viel zu sehen,
doch meinte ich, nachdem sich meine müden
Augen etwas an den ungewissen Schein gewöhnt hatten, zu erblicken, wie sich ein paar
Gestalten über das Bett gegenüber dem mei-
nigen beugten, in dem eine zum Skelett abge-

magerte Gestalt lag, die aussah wie eine alte,
jahrhunderte alte Mumie.

Nun wurde ich vollends wach, und nun
wusste ich auch, was mich aufgeschreckt hatte.
Es stieg sofort in mir die Ahnung auf, dass
hier der Pauper in seinen letzten Zügen liege.
Mit einem Sprung war ich an dem Sterbelager.
Und als ich mich über die dünne, ausgetrock-
nete Gestalt bückte, kam gerade noch ein
einziger, ein fast unhörbarer Atemzug aus der
tiefliegenden, eingesunkenen Brust.

Der Pauper war tot!

Ich fragte seine zwei Freunde und den
Steward, der auch zugegen war, ob der Ver-
storbene noch etwas gesagt habe.

„Nein, nichts Besonderes", antworteten die
Männer, „bloss: ‚Mein Gott! Mein Gott!'
mehreremale. Nichts weiter sonst!"

Ich dachte bei mir: „Das ist schon etwas
Besonderes gewesen!" und pries den Pauper
selig. . .

Der Steward bat uns, wir möchten uns wieder niederlegen, er werde das übrige besorgen.

Als ich eben meine künstliche „Einfahrt"
in den Kasten, der meine Matratze enthielt,
vollbracht hatte, hörte ich wieder das Rumpeln
in der oberen Lagerstätte; der grässliche Kopf
mit dem abscheulichen Grinsen kam abermals
zum Vorschein und die grausige, rauhe Stimme
krächzte wieder:

„Hab' ich's nicht gesagt, dass er krepiert
ehe wir an die Lizards kommen? Ueber-
morgen passieren wir sie erst! Haha! Seht,
da schleppen sie die Leich' jetzt ins Toten-
haus!"

Mit dem besten Willen konnte ich nicht
wieder einschlafen.

Als der Tag graute, weckte ich meine Kameraden. Sie hatten die ganze schaurige
Nacht hindurch fest geschlafen, und obgleich
mir nicht sehr behaglich zu Mute gewesen,
hätte ich doch um alles in der Welt sie nicht
wecken mögen.

Wie wir hinaufgingen, zeigte ich ihnen die
leere Schlafstelle — es war nicht einmal die
Matratze mehr darin — und erzählte ihnen
was ich wusste.

Aber *die* Gesichter!

Droben empfing uns mit grossem Gejohle
und Getose eine dichte Masse von Zwischen-
decklern. Sie waren fürchterlich aufgeregt.
Die leeren Bierflaschen, die nach den Bewegungen des Schiffes hin und her kollerten,
zeigten an, dass die Leute dem berauschenden
Nass — welches manchmal noch wildere Wo-
gen treibt als selbst das wildeste Meer — zu-
gesprochen hatten.

Ein grosser, dicker Mann trat hervor. Er
schien der Anführer des Tumultes zu sein.
Mit lauter, sich oftmals überschnappender
Stimme schrie er uns folgendermassen an:

„Haben Sie's schon gehört? Der Pauper ist
gestorben! Heute nacht! Der Doktor war
vor vier Tagen zum letztenmal drunten. Damals sagte er, der Alte habe nur die Seekrankheit und gab ihm seine weissen Pillen zu ver-
schlucken. Man hatte ihn nachher noch

einigemale holen wollen, aber er ist nicht mehr
gekommen. Und so ist der Pauper ohne alle
ärztliche Hilfe verstorben. *Das muss gerächt*
werden! Von uns, den Mitpassagieren und
Brüdern, muss es gerächt werden! Wir haben
eine Schrift aufgesetzt, die von uns allen unter-
zeichnet werden muss. Darin steht, wie es der
werte Herr Doktor gemacht, und dass die
Unterzeichneten verlangen, dass die Schiffs-
gesellschaft denselben vor Gericht stellen und
verurteilen lasse.''

Er entrollte ein von vielen dreckigen Fin-
gerzeichen und Hunderten von Namenszügen
verunziertes Stück Papier, reichte uns einen
schmierigen Bleistift und machte die Gebärde
des Unterschreibens.

Wir sagten ihm, dass wir uns die Sache erst
überlegen müssten, ehe wir unterschreiben
könnten, und trennten uns von dem Auflauf.

Je länger wir aber zuschauten, desto tiefer
sahen wir in die erregten Gemüter. Es war
wirklich eine kolossale Aufregung unter den
Leuten im Schwange. Hin und wieder stellte
sich ein Anarchist auf eine Erhöhung und
sprach zu seiner ihm stets laut und wild zu-
stimmenden Versammlung von ,,in die Luft
sprengen'' und anderen liebenswürdigen Thaten. Es bildeten sich kleine Abteilungen, die
mit ohrzerreissender Musik — einer Mundhar-
monika und einigen blechernen Kannen und
Waschschüsseln — auf und ab marschierten.
Man schrie, man johlte, man fluchte auf den
Arzt, und wenn derselbe seine Nase auf der
Bildfläche zu jener Zeit gezeigt hätte, man
hätte sie, samt den an ihr hängenden anderen

Körperteilen, ohne viel Federlesen zum allerwenigsten in die See zu den Haien geworfen.

Der Doktor hatte aber auch — es ist wahr —
viel Schuld auf sich geladen; denn als der
Kapitän plötzlich ernstlich erkrankt war und
seine Rundgänge einstellen musste, unterliess
der Doktor auch die seinigen und war seit
etlichen Tagen, wie der Anführer richtig bemerkt, nicht in unserem Quartier erschienen.
Vielleicht wusste er, dass dem Kranken doch
nicht mehr zu helfen war. . . .

Lieber wie je gingen wir heute hinüber in
die Kajüte zu unseren Bekannten, blieben auch
so lange wie irgend möglich dort, blieben dort,
bis der Wind erkältet war und unsere Kleider
uns nicht mehr vor ihn schützten.

Als wir uns dann auf dem Wege nach der
,,Matratze'' befanden und uns über das Deck
des Zwischendecks tasteten, waren wir höchst
erstaunt, alles so mausestill zu finden. Von
den Aufrührern war niemand mehr zu sehen.
Warscheinlich waren die Leute durch die verschiedenen Aufregungen des Tages so ermüdet,
dass sie verhältnismässig bald ihre Ruheplätze
aufgesucht hatten.

Wie wir die Treppe hinabsteigen wollten,
sahen wir schräg gegenüber von uns eine
kleine, schweigsame, hastig hantierende Gruppe
um ein paar Laternen versammelt. Was war
das wohl? Bald merkten wir's! In ihrer
Mitte hatten die Gestalten ein grosses, eckiges,
in ein weisses Segeltuch eingenähtes Bündel
liegen. Die Matrosen befestigten sorgfältig
ein paar schwere Klumpen daran. Dann
packten es zwei oder drei Mann derb an, wäh-

rend ein anderer, über das Geländer gebeugt, mit einer Laterne auf das Wasser leuchtete.

Nun kommandierte jemand:

„*Auf* — '*naus!*"

Und in weitem Bogen flog das Bündel über die Brüstung in die See. Ein lauter Platsch erfolgte. Das Wasser schäumte ein wenig —

Aber schon war der Dampfer an der Stelle vorbei. Nur eine grosse, hohe, majestätische Welle stürzte sich gleich einem riesigen Leichentuche auf die Stätte, da nun ruhte was irdisch war von unserem armen Pauper. . . .

Etwas Schattenhaftes huschte an uns vorüber, die Treppe hinab. Was es war, wussten wir nicht.

Wir suchten, ohne ein Wort mit der unheimlichen Gesellschaft gewechselt zu haben, unser Lager auf. Kaum aber lagen wir ruhig, da hing auch schon der hässliche Kopf von dem Bewohner oben wieder über meinem Gesicht und die grässliche, Mark und Bein erschütternde, krächzende Stimme sagte, gefolgt von dem stereotypen heiseren Gelächter:

„Möchtet Ihr nicht auch so über Bord wandern, wie der Pauper eben! He?"

Brrr! Uns schüttelte. Wir rollten uns fest in unsere Ueberröcke. Wir schlossen die Augen und sprachen unser Gebet.

III.

Juchhe! Alle Trübsal war vergessen. Es grüsste uns durch eine Nebelschicht hindurch die Küste Deutschlands! Bald hatten wir

festen Grund unter unseren Füssen. Darob
ausser uns vor Freude, standen wir abwech-
selnd auf dem Kopf, den Händen und den
Sohlen. Wir betrachteten die Leute mit einer
Neugierde, als seien sie Menschenfresser. Und
nun gar die kleinen Schächtelchen von Eisen-
bahncoupés, die uns aufnahmen, um uns nach
Bremen zu befördern! Da gab's viel zu
spassen und zu lachen, und als der Zug von
Bremerhaven abging (ich sage absichtlich:
ab*ging*, denn seine Bewegung war nicht halb
so schnell, als wir per Fuss gewohnt waren,
unsere Geschäfte zu Hause abzumachen; einer
meiner Freunde wollte sogar einmal hinaus,
um zu schieben, wie er sagte; aber — o, du
vorsichtiges Deutschland! — er konnte nicht:
die Thür war von aussen verriegelt!), — ich
sage, als der Zug von Bremerhaven abging,
liessen wir mit unseren Bekannten ein donnerndes „Hurra!" vom Stapel — so laut, dass
alles auf den Strassen stehen blieb und man
uns mit offenem Munde anstarrte. Die guten
Deutschen dachten am Ende, wir seien eine
Kompanie *richtiger* Amerikaner, von Hagen-
beck (dem Barnum Deutschlands) importiert.

Die schöne, ebene, in ausgezeichnetem Zustand gehaltene Gegend, die an uns vorüber-
zog, erregte nicht wenig unser Interesse.
Jedoch im allgemeinen drehte sich das Gespräch zunächst um das Ziel der wandernden
Schar. Denn plötzlich, wie eine Sturzwelle,
war es uns gekommen, dass die uns vorher so
ewig lang dünkende Reise doch nicht ewig
währen sollte, dass sie schier zu Ende sei, dass
man sich bald trennen müsse.

Ein Freund schob direkt nach Berlin, ein anderer nach Stuttgart, ein anderer nach Wien, ein anderer nach der Schweiz, ein anderer nach Italien. Dieser reiste in Geschäften, jener wegen seiner Gesundheit und ein dritter zum pursten Vergnügen. Von der ganzen Karawane blieben nur vier von uns länger als vierundzwanzig Stunden noch beisammen. Da wurde mancher, erst kürzlich geknüpfte Freundschaftsknoten zerrissen, aufgelöst, um nie wieder zusammengefügt zu werden. . . .

Neben uns, im angrenzenden Coupé, sassen der Anführer der Doktorjustiz und seine socialistischen Brüder. Ich horchte gespannt auf, ob sie sich in ihrem laut geführten Gespräche wohl des Paupers erinnerten. Fiel ihnen nicht im Traume ein! Sie hatten eine heftige Disputation über das beste Trinklokal in Bremen, wo sie erst noch eins im lustigen Beisammensein „packen" wollten, bevor sie weiterreisten.

Ja, den Pauper hatten sie vergessen, ihren „Bruder", dessen Tod sie mit Blut rächen wollten. Wir aber wurden bei dem Klang ihrer Stimmen wieder lebhaft an ihn erinnert. Eine plötzliche Wehmut legte sich auf unser Gemüt und die ehedem lebhaft sprudelnde Witzquelle versiegte. Ich las von den Gesichtern meiner Freunde den einsilbigen Gedanken: Wie wird wohl dem armen Mädchen zu Mute sein, wenn sie von dem Tode des Vaters hört?

Wir hatten nämlich, als wir das Schiff verliessen, von einem Offizier erfahren, dass man

die Tochter von der Zurückreise ihres Vaters
benachrichtigt habe. .... Das arme Ding, sie
hatte jetzt gar nichts mehr auf dieser Welt!

Da hielt der Zug.

„*Bre—men! Aus—stei—gen!*" kreischte
ein Schaffner, indem er den Riegel aussen
zurückschob und die Thür aufriss.

Als wir ausgestiegen waren, nahmen wir
Abschied von unseren Bekannten, die unge-
säumt weiterzureisen vorhatten, wir uns dagegen noch einige Zeit in der alten Hansestadt
umsehen wollten; und nachdem sich alle glücklich durch die Douane gewunden und ihre
schon bereitstehenden Züge gefunden hatten,
machten wir uns auf den Weg, um unserem
Gepäcke in das Hotel R— nachzuschlendern.

Kaum hatten wir ein paar Schritte vorwärts
gethan, da bemerkte einer von uns ein bleiches,
schmächtiges Mädchen, das nicht weit von uns
an einem Pfosten lehnte. Die dunklen Augen
desselben forschten nach allen Seiten und
schienen mit ängstlichen, besorgten Blicken
etwas zu suchen.

Da traten zwei Männer auf die Mädchen-
gestalt zu und redeten sie an.

Einer meiner Freunde stiess mich mit seinem
Ellenbogen und sagte:

„Du, sieht die nicht aus, als ob sie auf
jemanden warte?"

„Ja, scheint fast so."

Mein Freund schwieg eine Weile und sah
scharf zu der seltsamen Gruppe hinüber.

Dann fuhr er etwas unsicherer fort:

„Könnte — ehem! — könnte das wohl die
Tochter des Paupers sein, der — ehem! —"

„Der auf dem Meeresgrund begraben liegt?"
„Ja!"
„Das mag schon sein!"
„Dann wartet einen Augenblick!"

Er riss nach echter hinterwäldler Weise den
Schlapphut vom Kopf herunter, legte ihn auf
den Boden, suchte nach seinem Taschenbuch,
holte daraus ein für dessen nicht sehr reichen
Inhalt riesengrosses Geldstück heraus und warf
es in seine abgenommene Bedeckung. Wir
verstanden ihn. Einer nach dem anderen
zielte mit einer fremdländischen oder ein-
heimischen Münze nach dem Deckel. Hierauf
stürmte unser Freund mit demselben den
glücklicherweise noch nicht abgegangenen Zügen zu, hielt ihn zu den engen Fenstern der
Coupés hinein und rief:

„Gentlemen! Für die Tochter des Paupers,
der unterwegs gestorben ist! Dort drüben
steht sie und wartet auf ihn!"

Der Sammler war erfolgreich. Man drängte
sich herzu, und Münze auf Münze, goldene
und silberne und kupferne, grosse und kleine
durcheinander, flogen in den Hut, bis der zuletzt seine schöne Form verloren hatte und wie
ein Sack, durch den man angebrühten Kaffee
gegossen und der deshalb bis oben hin voll Satz
steckt, aussah.

Darauf zog unser Freund ein schweres, sei-
denes Taschentuch aus der Brusttasche seines
Rockes. Es war dasselbe, das er einst zu
Weihnachten von seiner Schwester bekommen,
die an der Küste des Stillen Oceans wohnt,
und das er mir einmal mit Wohlgefallen gezeigt und von mir hatte bewundern lassen. Er

kniete sich auf die Erde nieder, breitete das
Tuch vor sich aus, leerte den Inhalt des Hutes
hinein und band es dann in einen Knoten zusammen.

Nun schlich er leise zu dem bleichen Mädchen hin, dem die beiden Männer inzwischen
offenbar den Tod des Vaters mitgeteilt hatten
und das jetzt hell und bitter weinte. Er
drückte ihr das schwere, wertvolle Sacktuch
ohne eine Silbe zu sagen in die bebenden
Hände und kehrte schnell und leise zu uns
zurück.

Das Mädchen schaute sich fast erschrocken
nach seinem Wohlthäter um, der schon längst
nicht mehr in der Nähe war.

Indem wir beim Fortgehen einen Schutz-
mann passierten, rief ihn unser Freund an und
sagte ihm: er möchte sich doch um jenes Mädchen dort annehmen; es warte auf jemanden,
der hier auf Erden nie wieder zu ihr zurück-
kommen werde.

Als er dies gesagt, blitzte etwas in den
schönen Augen meines Freundes — wie ein
heller Diamant.

Aber deshalb brauchst du dich nicht zu
schämen, du guter Kerl! . . .

Und das war unsere Ankunft in Bremen.

Eine falsche Osterfreude.

———

„Was — *was* sagtest Du da eben, Bruder Hilarius?"

„Die Eier reichen uns nicht für die Feiertage, Bruder Thomas! Wir haben nur noch ein paar hundert, ich habe sie gezählt!"

„Welch ein entsetzliches Malheur! Und hast Du auch in alle Kisten geschaut, Bruder Hilarius?"

„Gewiss habe ich das! In alle! Habe sogar die geöffnet, in denen der geschmorte Aal verpackt ist, auch die anderen Fischkisten und die Käsebutten habe ich durchstöbert; dann war ich noch, um mich zu vergewissern, im Weinkeller —"

„Und Du fandest wirklich nicht genug?"

„Wirklich nicht genug, Bruder Thomas! Sie reichen uns nicht für die Feiertage!"

„Und hast Du auch diejenigen mitgerechnet, die Farmer Georg als Bezahlung für die Messe, die wir für die Seele seiner guten Ehehälfte Karoline, die vor einigen Wochen gestorben, gelesen haben, gebracht hat?"

„Alle, Bruder Thomas! Gewiss, gewiss habe ich! Und doch sind nur ein paar hundert

übrig . . . an die vierhundert . . . ich habe sie
genau gezählt . . . ganz genau!"

„Welch ein entsetzliches Malheur! Was in
aller Welt sollen wir thun, was fangen wir an,
Bruder Hilarius? Wir brauchen wenigstens
zweihundert für jede Mahlzeit, und deren
haben wir morgen drei — nein, *vier!* . . . Wie
konnte ich so vergesslich sein! . . . . Ach, ach!
Gehe zu, Bruder Hilarius, ich bitte Dich! Du
musst die fehlenden Eier aus der Stadt holen!
Aber beeile Dich, ehe die Stadtleute sie alle
aufgekauft haben, die haben es gewöhnlich
sehr eilig! Auch vergesse nicht, den Ge-
schäftsleuten zu versichern, dass wir ihrer
im Gebet gedenken würden, wenn sie uns
zuerst bedienen und gute, billige Eier verkaufen würden! . . . . Aber sei flink! Hole deine
Körbe und eile, dass Du fortkommst! Hiermit ist nicht zu spassen! . . . Nehme Dir Bruder Franciskus mit, der ist immer bereit, ins
Städtchen zu gehen, und bringe alle Eier, die
Du erwischen kannst! Und die heilige Jungfrau sei mit Dir und Deiner Mission!"

Dieses unvorhergesehene und sehr erregte
Zwiegespräch fand im Refrektorium des fried-
lichen Jesuitenseminars statt, das in einem
wunderlieblichen Parke schon vor ungefähr
hundert Jahren errichtet worden war und das
heutigentages noch existiert. Und die daran
Beteiligten waren zwei wohlbeleibte Brüder:
Thomas, der Koch, und Hilarius, der Proviant-
meister des Instituts.

In wenigen Minuten war der Kriegsrat
zu Ende, und einige Sekunden später sah man
schon, wie zwei feiste Brüder, beide mit grossen
Körben bewaffnet, den Berg hinab auf das
kleine Städtchen am Fusse des Berges zutorkel-
ten, um dieses in Betreff der ·Eierfrage zu
bombardieren.

Und die glänzenden Augen aller Pater, aller
Brüder, aller Schüler. folgten ihnen, folgten
ihnen durch die Glasscheiben, durch die Baum-
zweige, über die Mauern hinweg, so lange sie
sichtbar waren, denn die. erschreckliche Ka-
lamität, in der sich die Versorger der vielen
anspruchsvollen und umfassenden Mägen befanden, hatte sich wie ein gieriges, loderndes
Oelfeuer im Augenblick über die ganze An-
stalt verbreitet, sintemal so etwas Aufregendes
sich dort noch nie zugetragen hatte.

Da die Zwei eine für ihre körperlichen
Dimensionen sehr rasche Gangart angeschlagen
hatten, war es natürlich, dass Perlen, grosse
Perlen von Schweiss über ihre vollen, runden
Wangen rieselten, gleich dem Morgentau an
den Blütenkelchen der Lilien. Ihr Atem ging
schwer aus und ein, sie keuchten im wahren
Sinn des Wortes, und ihre Gewänder flatterten
mit lautem Geräusch im Winde herum.

„Wie konnte auch uns . . . gerade uns . . so
etwas . . . passieren! Keine Eier . . . am . . .
am Ostersonntag! O—o weh!" stotterte Bruder Hilarius.

„Du liebste Zeit!" war alles, was Franciskus
hervorstossen konnte.

Nichtsdestoweniger aber schlürften sie im
selben schnellen Tempo, mit klopfenden Her-

zen dahin, wie Besessene, wie wütende Hunde,
und schauten weder rechts noch links, bis sie
bei dem ersten Laden angelangt waren.

„Haben Sie Eier — ph! ph! — Eier zu
verkaufen an das . . . das Seminar? Ph! ph!
Reichen uns . . . schlechterdings nicht für das
Fest! Ph! ph!“ quiekste Bruder Hilarius,
indem er in den Laden stürmte, den Raum
desselben mit seinen Augen nach dem begehr-
ten Produkte nach allen Richtungen durch-
bohrte und dem Schwengel hinter dem Tisch
durch sein Schnaufen eine Todesangst einjagte.

„Eier! — ph! ph! ph!“ ertönte es von
Franciskus her als Echo, der sofort auf ein
Heringsfass niedergesunken war und sich den
Schweiss mit seinem grossen, blauen, mit
Schnupftabak bemalten Taschentuch von der
Stirn wischte.

„Wie viele möchten Sie haben, meine lieben
Brüder?“ fragte der Ladendiener, die grossen
Körbe ehrfurchtsvoll beäugelnd. Die Brüder
waren seine besten Freunde, seine besten
Kunden, und er hoffte, dass er noch mit etwas
anderem aufzuwarten von ihnen aufgefordert
werden würde, da er die mächtigen Behälter
nicht imstande war nur mit Eier zu füllen. Im
geheimen aber dachte er allerdings auch, dass
sie deswegen nicht nötig gehabt hätten, ihm
eine solche Angst einzujagen, und dass sie
besser gethan hätten, wenn sie ihre verhältnismässig kleinen Blasebälge mehr geschont hätten.

„Wie viele? . . Alle, die Sie haben! — ph!
ph! — alle, die Sie haben! . . . Brauchen zum
wenigsten fünfzig Dutzend. . . . Hätten am
liebsten hundert . . . bester Herr — ph! ph! —

10

Herr Janum! — ph!" rief Hilarius, indem er
sein Gewand am Hals aufknöpfte und den
Mann ängstlich anblickte.

„Fünfzig Dutzend! . . . Thut mir sehr leid,
sehr leid! Habe aber bloss noch fünf übrig,
Bruder Hilarius!"

„Jesus Maria!" schrieen die beiden Brüder
erbleichend wie auf Verabredung aus.

Hilarius fuhr fort:

„Fünf Dutzend nur! . . . Nicht mehr? —
ph! ph! — Es ist entsetzlich! . . . Aber geben
Sie . . . geben Sie her! . . . Wa—was kosten
sie jetzt? — ph!"

„Eigentlich zwanzig Cents das Dutzend. . .
Sie sind teuer und äusserst rar, Bruder Hilarius! . . . Aber da Sie —"

„*Was!* . . . Zwanzig Cents! . . . Sagen Sie
zehn! — ph! ph! — und wir werden ein . . .
ein Gebet für Sie lesen!"

„Das wollte ich ja sagen! . . . Da Sie mit
der Absicht hergekommen sind, mich auszu-
kaufen, lasse ich sie Ihnen zu zehn Cents. . . .
Soll ich's ins Buch eintragen?"

Ja, das sollte er.

Und die zwei Brüder schossen hinaus zu
dem nächsten Laden, auf welchem Wege Bruder Franciskus einen delikaten, salzigen, importierten Heringsschwanz vertilgte, den er
unter seinem Sitz erspäht und vor den Augen
des Ladenmannes entführt hatte.

Von dem nächsten Laden ging's in einen
anderen, und so gingen sie und sammelten sie,
sammelten hier ein Dutzend, dort zwei, dort
drei, vier, fünf und mehr; und so flogen sie in
dem ganzen kleinen Städtchen umher, keu-

chend und mit den Augen blinzelnd und
rufend und fragend und bittend; sie über-
redeten sogar Privatleute, dass sie ihnen ihre
eigenen, für Ostern aufgestapelten Eiervorräte
abtreten möchten.

Nach zweistündiger, aufregender, anstren-
gender Arbeit wandten sie ihre purpurnen
Gesichter heimwärts und watschelten mit ihren
vollen und schweren und mit gefährlicher
Ware gefüllten Körben durch die Strassen des
Städtchens und den Berg hinan, diesmal gefolgt
von den Augen der sich vor Lachen und auch
vor Zorn krümmenden sämtlichen Einwohner.

Sie hielten nur dann und wann an, um nach
ihrem Atem zu haschen, und Bruder Franciskus ausserdem noch, um einen eroberten
Leckerbissen unterzubringen. Sie sprachen
dabei kein Wort miteinander, sondern blickten
sich nur, glücklich über ihren Triumph, mit
einem verständnisvollen, vielsagenden, still-
vergnügten Blick an, während sie ihre Stirnen
mit den grossen, baumwollenen Taschentüchern
abtrockneten.

Als sie in die Nähe des Seminars kamen,
war die Luft von einem grossartigen Gejauchze
erfüllt. Vonwegen der aufgeregten Stimmung, die sich aller bemächtigt hatte, waren
nämlich die Unterrichtsstunden verblieben,
und alle Pater, sogar der alte Pater Joseph,
der Direktor, alle Brüder, alle Schüler waren
am Bogenthore versammelt, sie zu empfangen.

Und da man nun vernahm, wie schwer die
Körbe seien, leuchteten die breiten Gesichter
auf, wie das ewige Licht in ihrer Kapelle es
immer that, wenn Bruder Luminus es heimlich

mit einer neuen Oelladung beglückte. Alle
lachten, alle sprangen, so wohlgenährt sie
waren, und keiner mehr und keiner höher als
Bruder Thomas, der Koch, dessen sprichwört-
licher Ruf als Besitzer grosser Geistesgegen-
wart sich auch während dieser Schreckens-
periode wieder glänzend bewährt hatte.

„Ihr habt welche?" riefen einige zum zehn-
tenmal.

„Dank der Jungfrau! Ja, ja, ja, ja! —
ph! ph! — Wir haben genug! ... Wir sind
versorgt!"

„Gute Eier?"

Die beiden Schleppenden stellten ihre Bürde
mitten auf dem Kiesweg nieder und deckten
die oberste Schicht Sägespähne ab, damit sie
sich allesamt überzeugen konnten. Zahllose
weiche, fette Hände ergriffen die Eier und
hielten sie vor das Auge ihrer Besitzer gegen
das durch die Baumwipfel sichtbare lichte Blau
des Firmaments.

„Ah! ah! ... Jesus Maria! ... Herrliche
Eier! ... famose Eier! ... mächtige Eier!
Um nichts kleiner als Gänseeier! ... Pracht-
dinger! ... Wir werden einen denkwürdigen,
einen herrlichen Ostersonntag feiern! .. Schaut
nur, dieses füllt meine Hand vollständig aus ..
vollständig!"

Und sie folgten dann alle den beiden Brüdern lärmend und lachend und gestikulierend
nach — durch den Garten, durch die Gänge,
in die Küche.

Dort wurden die Eier mit lauter und ver-
nehmlicher Stimme gezählt.

Und als sie sich alle vergewissert hatten,

dass nun genug Eier für die Osterfesttage vor-
handen waren, da rief Pater Joseph mit seiner
geweihten Stimme den Versammelten zu:

„Kommt nun, es ist höchste Zeit!"

Und sie marschierten in feierlicher Prozession
in die Kapelle, wo Bruder Ambrosius schon
vor der Orgel sass und ihrer wartete. Und
dann quoll durch jene schmalen, aber schlanken, hohen, gotischen Fenster das süsseste, das
erhebenste Tedeum, das je dort gesungen
wurde.

Es drang sogar hinab in den gewölbten
Raum des tiefen, kühlen, halbdüsteren, gemütlichen Weinkellers, wo Bruder Hilarius und
Bruder Franciskus und Bruder Thomas gerade
mit Leib und Seele dabei waren, sich von ihrer
Angst, ihrem Schrecken langsam aber sicher
zu erholen.

Mein Führer in Nürnberg.

———

Der Schnellzug hielt einen Augenblick am Perron der Station Erlangen, ich stieg hurtig in ein Coupé, und fort ging's wieder — auf Nürnberg zu.

Ausser mir war nur noch ein alter, feiner Herr in Gesellschaft der verschiedensten Taschen und Bündel gegenwärtig. Er mochte nahe an die siebzig Jahre alt gewesen sein. Schneeweiss war das kurzgeschorene Haar, und der Bart zeigte nur noch hie und da einen schwarzen Streifen, wie um den Wechsel der Zeiten besser anzudeuten, das Hinfliehen der Jahre mehr hervorzuheben, die Vergangenheit und die Gegenwart in schärferen Kontrast zu bringen.

Aber sonst war der Herr noch rüstig und, wie mir schien, kreuzfidel. Er rutschte von einer Seite des Sitzes zur anderen, blickte bald hüben, bald drüben zum Fenster hinaus und versuchte mit Hilfe seiner Brille die Dunkelheit, die draussen herrschte, zu durchdringen. Dabei flüsterte er manchmal etwas vor sich hin, ein Lächeln überflog manchmal sein Gesicht; dann schüttelte er wieder den Kopf und sprach

etwas lauter, sich offenbar selbst korrigierend.
Er war ein Ausländer — ein Engländer oder
ein Amerikaner.

Der Zug raste ohne anzuhalten durch die
warme Nachtluft. In einem deutschländischen
Eisenbahncoupé ist es nachts unsterblich lang-
weilig. Aus reiner Langweile fing ich an zu
pfeifen und trällerte zufällig — vielleicht
waren meine Gedanken in der Heimat — die
klassische Weise des Yankee Doodle kaum
hörbar vor mich hin.

Der Alte schaute mich plötzlich an und
wandte seine Aufmerksamkeit, die er vorher
ganz und gar der Finsternis draussen gezollt,
mir zu und fragte englisch:

,,Sie sind ein Amerikaner, mein Herr?‘‘

,,Jawohl, Sie auch?‘‘

,,Gewiss! . . . ja! . . . das heisst!‘‘ und er
rückte näher, ,,das heisst, ich habe meine
letzten fünfzig Jahre drüben in den Vereinig-
ten Staaten verlebt. . . Aber ich bin in Nürnberg geboren. . . . . Waren Sie schon in Nürnberg?‘‘

Er sprach das Englische sehr geläufig, doch
merkte man ihm hin und wieder die schwere
deutsche Zunge an.

,,Nein, noch nie!‘‘ antwortete ich. ,,Ich
werde jetzt das Glück zum erstenmal haben,
diese alte Stadt zu Gesicht zu bekommen —
die Vaterstadt meiner Mutter.‘‘

,,Ah! Sie stammen also auch aus dieser
berühmten Stadt?‘‘ rief er, mich vertraulich
ansehend, als ob er auf die Spur eines nahen
Verwandten gestossen sei, und indem er seine
Hand auf meine Schulter legte, fuhr er fort:

„Entschuldigen Sie meine Wissbegierde . . .
wie hiess Ihre Mutter? . . . Sie müssen wissen,
ich war bis zu meinem zwanzigsten Jahre hier
und kannte fast die ganze Stadt!"

Ich nannte den Namen.

Er sann nach, kramte in einem alten Akten-
stoss, der in irgend einer Ecke seines inhalts-
reichen Gehirns verborgen liegen musste, und
rief dann mit dröhnender Stimme und freudiger Miene:

„Ah! ah! Ja, gewiss, ich entsinne mich! . .
Gewiss! Ich kannte das Geschäftshaus! . . Ihr
Grossvater war zu meiner Zeit eine hervor-
ragende Persönlichkeit, ein gelehrter Mann!
. . . Er lebt wohl nicht mehr, wie?"

Ich sagte ihm, dass er noch lebe und frisch
und gesund sei, aber nicht mehr in Nürnberg
wohne. Dagegen erwarte ich, am Bahnhof
von einem anderen Verwandten in Empfang
genommen zu werden.

„So! . . . Mich wird wohl niemand empfangen. . . . Ja, wenn sie es alle wüssten, meine
Freunde, meine Verwandten, meine Schul-
kameraden — wenn sie es wüssten, dann wäre
auf dem Bahnhof an ein Durchkommen nicht
zu denken. . . . Aber ich habe nie geschrieben.
Ich bin vor fünfzig Jahren von hier abgereist,
und bin jetzt zum erstenmal seitdem wieder in
Deutschland. . . . Ich habe drüben mein Geschäft verkauft, es wurde mir zu lästig. Ich
habe mich immer nach Nürnberg zurückge-
sehnt, und zumal dann, als meine liebe Frau,
die ich nicht überreden konnte, den Ocean mit
mir zu kreuzen, gestorben war, und ich, da wir
keine Kinder hatten, ganz allein stand. . . . Es

wollte mir nichts mehr munden; ich sehnte
mich nach den Gerichten meiner Jugend:
nach den Aepfeln, den Knöteln, dem Sauer-
kraut, dem Sauerbraten, den Bratwürsten und
den vielen anderen guten Sachen, von denen
man in Amerika keinen Begriff hat. Mich
hielt nun nichts mehr drüben zurück, ich verkaufte mein Heimwesen, mein Landgut, mein
Sommerhaus am See, und so bin ich hier, mit
meiner ganzen Habe, mit Sack und Pack, wie
Sie sehen. . . Ich werde mir unser altes Haus
ankaufen. Das ist ein Gebäude! Es ist eins
von den ehrwürdigen, schönen Patrizierhäu-
sern, vor denen alle Paläste der Fifth Avenue
sich verkriechen müssen! . . . Ich werde meine
letzten Jahre damit zubringen, die alten
Freunde und Verwandten zu besuchen, die
Häuser, die alten Strassen, die reichen Kunst-
sammlungen zu betrachten, und abends werde
ich mich zu den Spiessbürgern in die Kneipe
setzen und ihrer Kannegiesserei zuhören. . . .
O, das wird ein Kapitalspass, ein Kapitalver-
gnügen! . . . Mein erster Gang wird aber wohl
in das Bratwurstglöckle sein; dort werde ich
mir doppelte Portionen bestellen und so lange
essen, bis ich recht satt bin — kann mir zwar
kaum denken, dass dieser Fall je eintreten
wird, denn ich habe einen fünfzigjährigen
Heisshunger nach den dort gebratenen winzig-
kleinen Würsten. . . . Und wenn ich sterbe,
komme ich in dieselbe Erde, in der meine
Eltern, meine Ur- und Ururaltern ruhen. in
der die alten Deutschen Dürer, Birkheimer
Hans Sachs und andere liegen — auf den
Sankt Johannis Kirchhof. . . . Wird das ein

Hochgenuss sein! . . . Aber es sollte mich
gar nicht wundern, wenn ich mit jedem Jahre
jünger anstatt älter würde! . . Fühle jetzt wie
vor fünfzig Jahren!"

„Glauben Sie wirklich", warf ich hier ein,
als der Alte wieder einmal zum Fenster gerutscht war und hinauslugte, um alte Bekannt-
schaften zu erneuern, „dass es Ihnen hier in
Deutschland auf die Dauer so wohl gefallen
wird, nachdem sie so lange in den Staaten
gewohnt? . . . Ich möchte mich hier nicht fest
niederlassen!"

„Ja! — *Sie* und *ich!* . . das ist etwas ver-
schiedenes, junger Mann! Ich habe hier zwanzig Jahre gewohnt, meine Kindheit hier verlebt, meine schönste Zeit hier gehabt! Ja, es
ist mein höchster, mein letzter Wunsch, hier zu
sein, hier zu sterben! . . Und ich kenne Nürnberg so gut! . . Diese Kirchen! . . Diese alten,
dicken Mauern! . . Dieses Glöckle! . . Diese
Burg! . . Einzig! . . Einzig! . . Ich träume seit
fünfzig Jahren nur von Nürnberg! . . Uebri-
gens . . . heiho! . . . wir müssen jetzt in Fürth
sein! . . . . Hier wurde die erste Eisenbahn
Deutschlands gebaut, die erste! . . Ein Juden-
nest, dieses Fürth! . . . Man liest und sieht und
hört keine anderen als Judennamen! . . Ein
einziger Judenbrei, das! . . . Wenn Sie noch
keine Nasen gesehen haben, müssen Sie dahin!
Nehmen Sie sich aber in acht, es giebt dort
welche, die sind spitzig und lang wie Bajonette!
. . Aber wie oft war ich hier? . . Die Nürnberger Burg kann man am schönsten von dieser
Strasse aus sehen! . . Prachtvoll! . . Ich kenne
jeden Weg und Steg hier . . in und um Nürn-

berg... Morgen, oder besser heute abend noch, wenn Sie Zeit haben, führe ich Sie herum, zeige Ihnen jeden merkwürdigen Fleck, die Spur des Hufeisens in dem Mauerstein oben bei der Burg, und alles andere!.. Es ist kein zweites Nürnberg in der Welt, in der ganzen weiten Welt!.. Ich zittere vor Aufregung!.. Es ist mir erhabener zu Mute als an meinem Hochzeitstage!.. Wenn nur der Zug einen Augenblick hielte.. ich würde die Erde küssen!"

Bald sprach er englisch, bald deutsch. Er kam auf die seltsamsten Ideeen, die eigentümlichsten Vorfälle. Und als er auf seine Jugendstreiche zu sprechen kam, konnte er nur noch halbe Anekdoten liefern, da er einen solchen Vorrat davon hatte, dass er, in der Mitte der einen angelangt, schon die nächste beginnen musste, was zur Folge hatte, dass die Pointe äusserst selten zu entdecken war.

Auf einmal nahten wir uns dem Nürnberger Bahnhofe. Der Zug fuhr langsamer und hielt an.

„Endlich! Gott sei Dank!" rief mein Reisegefährte, sprang auf, stopfte in jede Tasche seines Anzuges ein Paketchen, hing ein paar an Riemen befestigte grössere Taschen um seinen Hals, warf einige schwere Handkoffer vor sich auf den Perron hinaus, nahm dann in jede Hand ein paar kleinere Taschen und stieg mit einem glücklichen Gesicht, mit dem glücklichen Gesicht eines Kindes, dem sein sehnlichster Wunsch erfüllt worden ist, schnell aus. Nun blickte er sich nach allen Seiten um, machte seine rechte Hand frei, zog seinen Hut, machte eine tiefe Verbeugung und mur-

melte einige Begrüssungsworte an die Stadt
Nürnberg und dessen Einwohner vor sich hin.

Da ich nicht viel Gepäck hatte, half ich dem
alten Mann seine Sachen in einen Hotelwagen
schaffen und machte mich dann an die Arbeit,
einen vorher nie gesehenen Verwandten aus
dem Menschenhaufen herauszustudieren. Er
rief mir noch durch das heruntergelassene Fenster zu:

„Vergessen sie aber ja nicht zu kommen!
Sie finden mich im Hotel Adler. Ein uraltes
Gasthaus — elegant! . . . Besser als alle Hof-
man-, Southern- und Chamber - Hotels in
Amerika zusammengenommen! . . . Ich zeige
Ihnen die ganze einstige freie Reichsstadt
Nürnberg, inklusive Umgebung! . . . Alles!
Alles! . . Ich kann es besser als irgend jemand
anderes, verlassen Sie sich darauf!‟

Ein paar Tage später sprach ich im Hotel
vor und fragte nach meinem Freund. Man
sagte mir zu meiner Ueberraschung, dass er
sich reisefertig mache.

„Reisefertig!‟ rief ich ungläubig.

„Jawohl! Er geht mit dem Schnellzuge!‟

Ich sprang die Steinstufen zum zweiten
Stockwerk hinan und klopfte an das mir be-
zeichnete Zimmer.

Keine Antwort.

Ich probierte die Klinke und trat ein.

Er stand am Fenster gelehnt und schaute
hinaus, wie ein Einsamer zu thun pflegt, wenn
die Schatten des Abends hereinbrechen und ihm

schwer ums Herz wird, weil ihm alte, vergan-
gene, schöne Zeiten in den Sinn kommen.

Er schien mich nicht gehört zu haben. Ich
rief:

„Hier bin ich, Herr Führer!"

Er schrak zusammen und ich sah sofort, dass
ich nicht mehr denselben Mann wie im Eisenbahncoupé vor mir hatte. Er war alt geworden. Tiefe, lange Falten zogen sich von der
Nase um den Mund zum Kinn hinab, das
spitzig wie ein Kiel mir schien. Sein Auge
war matt... Er war ein Greis!

„Ist es Ihr Ernst? ... Sie wollen fort?"
fragte ich ihn, als ich dicht vor ihm stand und
er immer noch nichts sagte.

„Ja .. ich .. will ... fort!" kam endlich
zwischen seinen zitternden Lippen hervor.
„Ich wandere aus .. zum zweitenmal .. zum
letztenmal! Ich ... ich kenne mich hier nimmer aus! ... Kein einziger Verwandter mehr
da! .. Keinen Freund fand ich vor! ... Alle
verschwunden! ... Selbst viele Häuser sind
niedergerissen ... viele Mauern! ... Unser
früheres Haus steht zwar noch ... aber in welchem Zustande befindet es sich! Es ist in
kleine Logis eingeteilt .. ein Tenement ist aus
dem Patrizierhaus geworden! Im untersten
Stockwerk hat ein Jude ein Kohlenlager .. der
Hof steht voller alten Gerümpels! ... Der Geschmack für das Alte, für das Künstlerische ist
dahin .. es geht auch hier jetzt alles nach dem
modernen Stil, nach dem Allerweltsplan! ...
Mein altes Nürnberg existiert nicht mehr. ...
Es scheint, es war ein Fehler von mir, dass ich
in meinen alten Tagen noch herüberkam! ...

Es hat sich alles geändert! . . . Vieles habe ich zwar noch vorgefunden . . . aber es war so leer . . es schien alles tot . . es fehlte überall etwas! Ja, ja, ich war ein Esel, dass ich dachte, ich könnte da fortfahren zu leben, wo ich vor fünfzig Jahren abbrach!‘‘

Er machte nun einen verzweifelten Versuch zum Lachen und wollte sich den Anschein geben, als greife ihn das alles nicht im geringsten an. Schliesslich forderte er mich auf, ihm den Yankee Doodle vorzusingen, dass sei denn doch eines der schönsten Lieder, die je komponiert worden.

Darauf kam der Hausmeister und verkündete, dass der Wagen bereit stehe.

,,Fahren Sie mit an den Bahnhof?‘‘ fragte der Amerikaner mich laut. ,,Ich kann Ihnen wenigstens noch etwas auf dem Weg dorthin zeigen!‘‘

Ich hielt das für selbstverständlich, nahm einige Sachen, die noch nicht einmal völlig zugeschnürt waren, und half ihm in den mit Seide gefütterten Ueberrock. Dabei kam es mir vor, als seien die Arme gelähmt, als könne er sie nicht recht regieren. Auch fiel mir der schwere Tritt auf, den der Alte beim hin und her gehen that. Wie frisch schien er mir damals — vor wenigen Tagen! Wie lustig, wie redselig, wie vergnügt! — als ob er vor den Pforten des Paradieses stünde! . .

Und jetzt ging er mit gesenktem Kopf die Treppe in den Flur hinab. Er beachtete die Kellner nicht, die am Portal standen und sich schon lange auf ein gutes Trinkgeld von dem goldbeladenen Amerikaner verspitzt hatten.

Er wollte mir noch auf dieser letzten Fahrt
etwas zeigen, aber er that nicht darnach. Er
sah wohl mit mir hinaus, doch gab er kein
Kommentar zu dem, was wir erblickten. Er
schien heimlichen, stillen Abschied zu nehmen
von allem, was hier war.

Nur als der Wagen an St. Lorenz vorbei-
klapperte, sagte er fast tonlos vor sich hin:

,,Dort pflegten wir hineinzugehen . . Vater,
Mutter und wir Kinder. . . Ich war gestern
dort. . . Niemand kannte mich. . . Ich kannte
niemanden. . . Ein unbekannter Prediger. . . .
Ist ja auch natürlich! . . Ich gehöre hier nimmer her. . . . Als alter Mann soll man nicht
mehr die Stätte seiner Jugendjahre besuchen.
. . Das fällt nicht gut aus!''

Wir kamen durchs Thor und befanden uns
am Bahnhof. Ich half ihm aus den Wagen.
Als ich ihn aber wieder loslassen wollte, knick-
ten seine Kniee ein, als ob sie durchschossen
worden wären. Daraufhin versuchte er wieder eine lächerliche Bemerkung zu machen
und sprach fortan nur noch englisch.

,,Ich werde Ihr Billet besorgen!'' sagte ich,
als er in seiner Tasche nach dem Taschenbuche
suchte. Als er mir dasselbe übergeben, fragte
ich: ,,Ein Billet wohin?''

,,Bremen!'' rief er im Tone eines preussi-
schen Unteroffiziers überlaut aus, wie um sich
selber dadurch zu ermuntern.

Ich übergab ihm das gekaufte Billet samt
dem übrigen Geld und brachte ihn die Treppen des Bahnhofs hinab und hinauf. Ein
Diener musste die unzähligen Pakete nach-
tragen, da ich nichts weiter thun konnte, als

den alten Mann unterstützen, welche Arbeit mir von Sekunde zu Sekunde schwerer wurde. Ich liess mir jedoch nichts merken und pfiff mit schnellgehendem Atem auf Wunsch meines Landsmannes in einemfort den Yankee Doodle, den er zu sekundieren sich anstrengte.

Wir kamen gerade zu rechter Zeit. Der Eilzug — von München kommend — stand schon einige Minuten da und sollte sogleich abfahren. Ich hob den alten Mann in ein leeres Coupé, baute auf dem gegenüberliegenden Sitz einen Turm aus seinen Bündeln und Taschen und Kofferchen, reichte ihm die Hand und brüllte:

„So! Leben Sie wohl! Leben Sie recht wohl! Glückliche Ueberfahrt! Und grüssen Sie mir meine liebe Heimat!“

Er versuchte zu lächeln, nickte mit seinem weissen Kopf und wiederholte mechanisch die letzten Worte:

„Meine liebe Heimat!“

Der Zugführer forderte mich auf, herauszutreten, und schlug die Thür polternd zu, als ich draussen war.

Ich stellte mich auf die Zehen, um noch einen letzten Blick auf meinen alten Freund, auf meinen Führer zu bekommen, dessen schönster Lebenstraum vor meinen Augen wie Schnee zerronnen war.

Dort sass er. Der sonst so grosse, stattliche Mann war zusammengefallen, zusammengeschrumpft in einen kleinen Haufen. Er hielt beide Hände vor die Augen und zitterte am ganzen Körper. . .

Ich wusste dass er weinte.

Die Weihnachtsgeschichte des Schiffsarztes.

———

Um den Mitteltisch im Salon der Kajüte sassen unserer sieben: der Schiffsarzt, die Gesellschafterin der Fürstin E——, eine junge, hochblonde Amerikanerin (frisch vom Konservatorium der Musik in Paris), ein Herr aus Mannheim, ein Rancher aus Nevada, mein Freund Harry Jones aus Swansea, Wales, und ich. Die Fürstin E—— selbst, die sich ein paarmal unaufgefordert herabgelassen hatte, in unserer plebejischen Mitte einige Augenblicke sich zu zeigen, war an jenem Abend nicht erschienen; sie geruhte in ihrer Kabine zu bleiben und nach hochlöblicher österreichischer Hofsitte in Gesellschaft eines beispiellos hässlichen, mit zwei oder drei Haaren auf dem Kopfe ausgestatteten, rattenartigen japanesischen Köters (den, wie uns ihre Gesellschafterin mitteilte, der Erzherzog Rudolf von einer Reise um die Welt ihrem Mann mitgebracht hatte, und von dem sie sich nicht trennen konnte), Trübsal zu blasen. Dieser Köter hatte, nebenbei bemerkt, die besondere liebenswürdige

Eigenschaft, dass er jeden anbellte und aufzu-
speisen Miene machte, der es wagte, unter
geringerem Titel als „Excellenz" durch dieses
Erdenthal zu pilgern.

Es war nach dem Souper, am 24. Dezember.

Im Centrum des Tisches standen Schalen mit
Orangen, Nüssen und Candy, aus denen wir
nach Belieben naschten.

Der Doktor hatte versprochen, uns eine
Weihnachtsgeschichte zu erzählen. Er schien
dieses Versprechen jedoch vergessen zu haben,
denn er liess einen Bonbon nach dem anderen
unter seinem riesigen, dichten Schnurrbart
verschwinden. Dabei blickte er vor sich nieder, wie einer, der über etwas nachdenkt, das
ihn tief bewegt, ihm viel zu schaffen macht.

Die kleine Amerikanerin, die das lustigste
Geschöpf an Bord war, weil sie nach längerer
Abwesenheit wieder heimkommen durfte, rief,
eine Orange zerteilend, mit ihrer herrlichen
Stimme:

„Nun, Herr Doktor, wie steht's! Wir sind
ganz Ohr! Für uns existiert jetzt nichts als
Ihre Geschichte! Und wenn Sie es recht,
recht schön machen, spiele ich Ihnen auf dem
Piano vor, was Sie wünschen und so lange Sie
wünschen!"

„Ich nehme Sie beim Wort, Fräulein Jonathan", erwiderte der Arzt. „Sie sollen
nachher musizieren, bis Ihre Fingerchen wund
sind! . . . Erst aber hören Sie: —

„Die Geschichte trug sich genau vor Jahresfrist zu, und zwar in den Räumen dieses selben

Schiffes. Wir waren erst acht Tage auf See.
Das Wetter war stürmisch, eisig, und der Himmel wölbte sich grau und schwarz über uns —
gerade wie jetzt auch. Aber ich sass nicht
hier oben im hellerleuchteten Salon, in fröh-
licher Gesellschaft, sondern unten in einer
Kabine. Ich wachte am Bette eines Schwer-
kranken, eines jungen Amerikaners, und der
erste Steward leistete mir Gesellschaft. Ich
hatte von Anfang an meine Zweifel, dass der
Patient lebend die andere Seite erreichen
würde, sagte dies auch seinen drei Freunden,
die ihn in Antwerpen an Bord gebracht und
rührend von ihm Abschied genommen hatten.
Er selbst jedoch stand immer in dem Glauben,
dass er Weihnachten zu Hause feiern könnte.
Er wusste offenbar nicht genau, welches Da-
tum man schrieb. Ich nahm an, dass seine
Freunde ihn absichtlich in diesem Glauben
gelassen hatten, und vermochte es leider nicht
über mich, ihm klaren Wein einzuschenken,
wollte dies wenigstens so weit wie möglich hin-
ausschieben.

„Ich hatte den jungen Menschen sehr lieb
gewonnen. Er war so zutraulich und hatte
mich in seine Familienverhältnisse blicken
lassen, mir sein ganzes vergangenes Leben
geschildert. Er war unter liebender Hand in
wohlhabendem Hause aufgewachsen, und nachdem er eine amerikanische Universität absol-
viert hatte, vor zwei Jahren nach Deutschland
gereist, um sein Studium dort zu vollenden.
Er war von Person nie stark gewesen, aber
man hatte keine besondere Sorge um ihn gehabt, vielmehr geglaubt, dass er in der kräf-

tigen Luft Deutschlands erstarken werde.
Aber das Gegenteil war der Fall, und obwohl
er nie davon nach Hause geschrieben, fühlte
er doch, dass er abnahm, dass eine schwere
Krankheit an ihm zehrte. Endlich beschworen
ihn seine Freunde, denen dies auch nicht verborgen blieb, an die Heimkehr zu denken, und
zwangen ihn förmlich dazu, Passage auf diesem
Dampfer zu nehmen. Er hatte immer gehofft,
dass er seine Studien noch beenden könnte,
ehe er sich ganz seiner Gesundheit zu widmen
brauche. Schliesslich war er aber doch froh,
dass er sich auf der Heimreise befand, und
wünschte nichts sehnlicher, als bald nach Hause
zu kommen, zu den Seinen, die er nie so ge-
liebt, nach denen er nie ein solches Verlangen
getragen hatte, als gerade jetzt.

„Er wurde immer weniger, und am Christ-
abend lag er in seinem engen Bett drunten —
ein Häuflein Haut und Knochen. . . . Er war
gefasst, aber seine Brust wogte unruhig auf
und ab, und ein keuchender, pfeifender Ton
kam aus der Tiefe des kranken Körpers herauf.
Ich sass am Kopfende und der Steward am
Fussende des Lagers. Ich wusste, dass er die
Nacht nicht überleben würde. Ich hatte alles,
was in meiner Macht lag, gethan, aber es war
umsonst. Unsere Kunst geht nicht über den
Tod hinaus, sondern umgekehrt: der Tod über-
holt die ärztliche Kunst, und zwar mit leichter
Mühe.

„Wir warteten stumm und gedrückt auf den
letzten Hauch des Kranken.

„Plötzlich fragte er, zum hundertstenmal
seit der Abfahrt, in hastiger Weise, indem er

sein schon halb gebrochenes Auge mit dem grössten Vertrauen auf mich richtete:

,, ,Wir kommen doch bis Weihnachten heim, Doktor? . . Sie wissen, ich möchte heim!'

,, ,Ja, ich denke wir kommen noch zeitig genug heim, dass Sie Weihnachten im Kreise Ihrer Familie feiern können!' antwortete ich zum hundertstenmal, trotzdem ich nur zu gut wusste, dass es der Heilige Abend war, an dem wir sprachen, und dass wir uns noch auf hoher See befanden.

,, ,Ganz gewiss?'

,, ,Ganz gewiss!'

,, ,Ah! wie freue ich mich, Doktor!' sagte er, und ein schwaches Lächeln kam über sein mageres Gesicht gezogen.

,,Dann war es still. Nur die Maschinen stampften und das Wasser haute, wenn das Schiff sich leewärts neigte, gegen das kleine, runde Fensterchen in der Wand gegenüber dem Bette.

,,Dann fing er wieder an, von der Weihnachtsfeier in seinem Elternhaus zu erzählen, was er schon unzähligemal gethan.

,, ,Wir hatten immer einen Christbaum zu Hause. Auch als wir alle schon gross waren. Ich war jetzt zweimal nicht dabei. In der Fremde hatten wir uns auch einen Baum geputzt. Aber der war lange nicht so schön, als der zu Hause — lange nicht! . . . Am meisten denke ich aber an das Weihnachtsfest zurück, als ich ungefähr fünfzehn Jahre alt war. Wie ich da ins Zimmer kam, lag auf meinem Platze ein kleines Paketchen, in dem eine goldene Uhr eingewickelt war. . . Ich habe

sie noch jetzt . . dort in der Weste. . . Wollen
Sie mir dieselbe, bitte, herreichen, Doktor?'

„Ich holte dieselbe aus der Tasche. Es war
eine gelungene Probe der neueren Juwelier-
kunst. Da sie lange nicht aufgezogen worden
war, brachte ich sie in Ordnung und legte sie
ihm in seine Rechte. Er besah sie aufmerksam mit seinen glanzlosen Augen und um-
klammerte sie mit seinen schmalen, blau-
äderigen, weissen Fingern. Dann sagte er:

„ ‚Ich habe mich nie im Leben über ein
Geschenk so gefreut. Ich entsinne mich, dass
ich stundenlang jubelte und vor Aufregung
nicht schlafen konnte. Ich nahm sie mit ins
Bett und hielt sie immer so in der Hand —
gerade wie jetzt. O, das war eine schöne, eine
glückliche Zeit!'

„Mit dem Blick auf die Uhr schien er einzu-
schlummern, und wieder nur hörten wir das
gleichmässige Stampfen der Maschinen, und
das Wasser haute, wenn das Schiff sich leewärts neigte, gegen das kleine, runde Fensterchen in der Wand gegenüber dem Bett, dass
die Gläser auf dem Waschtisch glirrten und
fast aus ihren Löchern hüpften.

„Nach einiger Zeit öffneten sich langsam die
Augenlider wieder, und er fuhr fort:

„ ‚Aber so, wie ich mich auf dies kommende
Weihnachtsfest freue, habe ich mich doch noch
nie gefreut! . . . Zwei Jahre nicht zu Hause!'

„Die Uhr entschlüpfte seinen Fingern und
sank in das weiche Unterbett. Ich grub sie
hervor und gab sie ihm zurück.

„Es war gerade neun Uhr, und ich sagte
ihm dies.

„ ‚Neun Uhr!‘ wiederholte er, ‚ah! das war immer die Stunde, in welcher wir hereingelassen wurden. Wir durften nicht vorher herein — in das Festzimmer. . . . Vater kam erst spät heim vom Geschäft. . . Man liess uns auch gern lange zappeln. . . Wenn sie daheim diesmal nur nicht zu lange warten. . . . Ich kann’s nicht aushalten — diesmal nicht! Diesmal muss schon um acht Uhr bescheert werden — ja, um acht! Und Sie müssen mit dabei sein, Doktor! . . . Ich möchte aber doch wissen, was die zu Hause für mich haben. Bin sehr neugierig! . . Ich habe nichts für sie!‘. . .

„Er wurde unruhiger; seine Finger zupften an der Decke und die Uhr entfiel immer häufiger der schweissigen Hand.

„Ich flüsterte dem Steward zu, dass es nicht mehr lange dauern könnte. Der alte Seebär wusste nicht, was er thun sollte. Bald holte er ein Glas Wasser, bald eine Flasche Wein. Dann fragte er, ob er nicht vielleicht heisse oder kalte Umschläge machen solle. Er wäre in die See gesprungen, hätte ich’s verlangt, und hätte schwimmend auf ein paar Kabeljaue Jagd gemacht, um aus ihren Lebern eine Medizin zuzubereiten. Aber hier half nichts mehr, und ich sagte ihm, er solle still sitzen und schweigen.

„Plötzlich fuhr der Kranke empor. Seine Augen standen weit auf. Ein Lächeln, ein glückseliges Lächeln glitt über sein Gesicht. Er lispelte ganz leise vor sich hin:

„ ‚Jetzt, jetzt! . . neun Uhr! . . jetzt geht’s los! . . hört Ihr den Schlüssel! . . er dreht sich! . . er dreht sich! . . . Neun Uhr! . . Uhr! . .

schau, Mutter, eine Uhr! .. das liebe Christkind! . . . Jetzt still! seid still! .. sie singen!
.. sie singen! .. O, wie schön!'

„Und weiter bewegten sich seine Lippen,
doch konnte man nichts mehr verstehen. Ich
liess meine Hand, mit der ich ihn gestützt,
langsam gehen, und der leichte Körper sank
zurück, ohne noch einen Seufzer zu thun.

„Er war heimgegangen, der junge Amerikaner, und feierte Weihnachten im grossen Saal
des rechten Vaterhauses — feierte Weihnachten wie nie zuvor hier auf Erden.

„Seine Uhr tickte nicht mehr als ich sie ihm
aus der noch warmen Hand nahm. Sie zeigte
auf fünf Minuten nach neun.

„Wir wischten ihm den Schweiss von der
Stirn, drückten ihm die Augen zu und zogen
dann das Linnen über sein Gesicht, auf dem
noch ein Schimmer der kürzlich empfundenen
Weihnachtsfreude zu haften schien.‟

Der Erzähler schwieg, und als ob er seit
Jahren keine Nuss verzehrt hätte, schob er den
Kern einer grossen Butternuss begierig unter
seinen riesigen Schnurrbart, wo er ganz und
gar verschwand.

Jemand aus unserem Kreise fragte:

„Begruben Sie ihn auf See?‟

Der Doktor bejahte diese Frage und fügte
nach einer Pause noch hinzu:

„Zwischen dem fünfunddreissigsten und dem
sechsunddreissigsten Längengrad.‟

„Und seine Angehörigen — haben Sie je

etwas von ihnen gehört?" fragte wiederum jemand.

„Gewiss! Mit-dem-Lotsenboot schon kam sein Vater, ein stattlicher, vornehmer Herr, an Bord... Ich musste ihm alles erzählen, was ich von seinem verstorbenen Sohn gehört und was ich selbst an ihm beobachtet hatte; auch musste ich ihm dessen Hinterlassenschaft übergeben.... Es war die schwerste Arbeit meines Lebens."

Und als eine Weile nichts gesagt worden war, wandte sich der Arzt an die kleine, hochblonde Amerikanerin, die ihr zweites Taschentuch aus ihrem Sacque zog und ganz vergessen hatte, ihre Orange zu essen:

„Fräulein Jonathan, darf ich nun bitten?"

„O, ich — ich kann nicht! — jetzt nicht! — heute abend nicht mehr, Doktor!"

Sie konnte wirklich nicht, und die Gesellschafterin der Fürstin E—— brach das eingetretene Schweigen mit der Frage:

„Herr Doktor!.. Welches Zimmer hatte er inne?"

„Nummer fünf!"

Alle atmeten auf. Nur Harry, mein Freund aus Swansea, Wales, sah mich bedeutsam an.

Es war die *unsrige.*

Die Gesellschaft brach auf. Es war zwar noch nicht sehr spät, aber auf See geht man früh zu Bett wenn das Wetter sehr rauh und ungemütlich ist.

Harry und ich stiegen noch einmal auf Deck und versuchten, einen Spaziergang zu machen. Aber die See war zu wild, der Himmel war zu schwarz, und die Wellen überliefen das Deck

und liessen eine immer dicker werdende Eis-
kruste darauf zurück.

An den für die Matrosen gespannten Seilen
rutschten wir öfters mühsam hin und her; das
aber war kein Vergnügen. Auch in dem
Rauchsalon war es öde und leer, und gar bald
hatten wir ihn satt.

Deshalb stiegen wir hinab und legten uns
wortlos nieder. Ich hörte noch lange das
Stampfen der gewaltigen Maschinen; unter
meinem Kopfkissen tickte meine Uhr, und die
Wellen hauten, wenn das Schiff sich auf die
Seite legte, mit so grauenhafter Macht gegen
unser kleines, rundes Fensterchen, das ich alle
Augenblicke erwartete, einen nassen Besuch zu
bekommen.

Warum aber Harry Jones in jener Nacht
die elektrische Lampe nicht ausdrehte, weiss
ich nicht. Ich vergass, ihn zu fragen.

Pierre.

Langsamen, schlürfenden Trittes, gleich
einem uralten Mann, stieg Pierre die hölzer-
nen, unbequemen Treppen zu seiner Eltern
Wohnung hinauf.

Pierre war ein Junge von dreizehn Jahren,
hätte daher seine Füsse ganz anders bewegen
sollen. Aber er war seit fünf Uhr früh auf
den Beinen und hatte vielerlei Laufereien besorgt; jetzt war es spät am Nachmittag, und
er hatte, seitdem er fortgegangen, nichts zu
sich genommen.

O, Pierre war unaussprechlich hungrig
Pierre war so müde!

Aber ehe er die Thüre öffnete, sammelte er
sich. Er machte seine zitternden Beine gerade,
biss seine Zähne aufeinander, hielt seinen Kopf
höher und trat leise und elastisch ein, als ob
ihm seine wunden Sohlen gar nicht schmerzten.

Nur nichts merken lassen!

Schon war es hier düster; die Fenster waren
klein und die Strasse war eng; viel Sonnen-
schein hatte man dort überhaupt nie, in dem
alten Viertel von Paris.

Doch auch sonst sah es hier traurig aus.

In einem Bett lag eine verbundene Gestalt.
Der Vater war vor einigen Tagen verunglückt,
war unter die Hufe seiner Pferde geraten, als
er bei einem Hotel Koffer ablud, und befand
sich noch immer zwischen Leben und Tod.
An seiner Seite sass, mit abgehärmten Zügen,
Pierres Mutter, und unter dem Fensterchen
kauerten die kleinen Schwestern. Auch sie
waren still, als hätten sie keine rosenroten Lippen zum Plaudern besessen, als hätten sie nie
eine Sprache gelernt.

Als Pierre eintrat, sahen sie alle auf ihn hin:
die Mutter und der Vater mit wehmütigem
Blick, da sie wussten, dass die kleinen Schultern viel zu schwach waren, um die schwere
Bürde, die auf ihnen ruhte, zu tragen; die
Schwestern hingegen mit grossen Augen, denn
ihr Bruder war so gross, so viel, viel grösser
als sie, und so geschickt, denn er brachte jeden
Tag Geld mit — viel Geld, eine Masse Geld!
Sie hätten nicht gewusst, wo das Geld zu finden sei!

Ja, er brachte Geld mit; aber wie hatte er
laufen, wie rennen müssen, um die paar Sous
zusammenzubringen! Und fühlte er nicht,
als ob er zusammenbrechen würde! Fühlte er
nicht bei jedem Schritt, als ob tausend rostige
Nadeln in seinen Sohlen steckten!

Aber nur nichts gewahr werden lassen!

Nein, Pierre ist nicht müde! Auch nicht
hungrig! — gar nicht! — bloss, ja, das Stück-
chen Brot könnte er allenfalls essen; doch
wenn es Madelaine oder Josephine möchten?..

Die hatten aber schon ihren Teil gehabt, und
so setzte sich Pierre auf einen Holzstuhl unter

das Fenster und nahm seine spärliche Kost zu
sich, während die Schwestern den Bewegungen
seiner Kinnladen mit ihren grossen, schwarzen Augen folgten und jedesmal dem Zeitpunkt
mit Spannung entgegensahen, an dem die zer-
malmte Speise in den Magen hinabkutschierte,
was an dem dünnen Hals gut zu sehen war.

Ausser dem schweren Atmen des Verwundeten und dem Krachen der harten Brotrinde
hörte man nichts. Die Thränen, die soeben
über die abschüssigen Wangen der Mutter
gekollert und die wie der Blitz gezuckt, als sie
auf den Fussboden geschnellt sind — diese
kleinen, winzigen Dinger hörte man nicht, die
machten nicht das mindeste Geräusch!

Aber was denkt ihr: es klopfte!

Das war etwas Unerhörtes. Sonst klopfte
es hier nie; wer hier herein wollte, der
brauchte sich dieser Formalität nicht zu unterziehen — klopfen braucht man bloss bei den
vornehmen Leuten.

Pierre hörte auf zu kauen, aber niemand
dachte im entferntesten daran, zur Thür zu
gehen und dieselbe zu öffnen, obgleich man
sehr gespannt war, was wohl jetzt passieren
würde.

Es klopfte nun nochmals, und gleich hernach
trat eine Dame herein, eine hohe, stattliche,
schöne Figur, die ganz in Schwarz gekleidet
war und einen langen, feinen Trauerschleier
an ihrem Hut befestigt hatte. Mit einer
elegantbehandschuhten Hand that sie den
Schleier vom Gesicht und blickte mit einem
traurig-stillen Blick umher. Ihr traten keine
Thränen in die Augen, wenngleich ihr das

Unglück dieser armen Menschen tief zu Herzen ging; sie hatte selbst so viel, so viel Kummer gehabt, die Frau, sagt man, dass sie gar nicht mehr weinen konnte.

Und die Leutchen in der Stube wussten nicht was sie sahen, was sie hörten.

Die Dame sagte:

„Ich bin doch am richtigen Ort. hier wohnt doch der Kofferfahrer Odin vom Hotel A—?"

Sie konnten nicht gleich antworten. War denn das auch wirklich ihr Name? Hatten sie solch einen schönen Namen? Er klang wie die schönste Musik; er hatte noch nie so voll geklungen!

Endlich brachte die Mutter heraus:

„Ja, Madame, Sie sind recht!"

Die kleinen Mädchen waren staunend näher getreten und hatten sich von Pierre nicht abhalten lassen; sie standen vor der schönen Frau und starrten sie fraglos an. Ihre Mutter hatte ihnen einmal ein Märchen von einer Königin erzählt. Und das musste eine Königin sein — ganz sicher!

Da ertönte wieder die wohlklingende Frauenstimme:

„Ich bin gekommen, um mich nach meinem Kofferfahrer umzusehen. Ich sah den Unfall von meinem Fenster im Hotel mit an, erkundigte mich nach den Umständen, in denen er sich befindet, und will ihm helfen, wenn er es annimmt.... Haben Sie einen Arzt, liebe Frau?"

Die Dame setzte sich nickend auf einen Stuhl, den Pierre soeben für sie hergeschoben hatte.

„Ja, Madame, der Armenarzt war schon zweimal hier!"

„Zweimal erst! Das ist zu wenig! Der Armenarzt hat wohl zu viel zu thun! .. Doch, was hat er gesagt?"

„Er konnte noch nichts Bestimmtes sagen, Madame!"

„So! Und wovon lebt Ihr denn jetzt, gute Frau?"

„Pierre verdient so viel er kann, und davon leben wir, Madame!" sagte Frau Odin, mit dem Kopf auf den an einem Bettpfosten leh- nenden Jungen weisend, der verlegen seine aus dem Schuh steckende grosse Zehe be- trachtete.

„Pierre!" rief die schöne Frau und blickte den kleinen Kerl freundlich an, der noch den Rest seiner trockenen Brotrinde in der Hand hielt, den er nicht geniessen wollte, weil es zu viel Lärm machte. „Pierre! Das ist schön, was ich da von Dir höre! Aber sage mir doch, womit verdienst Du denn das Geld?"

„Um fünf Uhr trage ich Semmeln, und von acht Uhr an kleine Blumenbouquets und was ich sonst finde. Madame!" sagte er stotternd.

„Und wie viel verdienst Du auf diese Weise?" forschte die Dame weiter.

Er deutete auf den Holztisch, wohin er beim Eintritt seinen Reichtum gelegt.

„So viel, Madame, habe ich heute mit- gebracht!"

„Du bist ja ein braver Junge! Möchtest Du aber denn nicht lieber etwas Ordentliches, vielleicht ein Handwerk, lernen?"

Pierres Augen funkelten, doch sagte er
nichts; er konnte sich nicht denken, dass je
etwas daraus werden würde, dass er je etwas
lernen dürfe. . . . Ob er *möchte!* Ja, freilich!
Schon immer war es sein höchstes Vergnügen,
durch das Fenster einer bekannten Drechsler-
werkstätte an der Rue Napoléon zu schauen
und dabei zu träumen: O! könnte ich es doch
nur auch zu einem solchen Meister bringen! . .
Aber das stand so hoch, so hoch über ihm!

Jetzt nahm aber seine Mutter für ihn das
Wort und sagte:

,,Er weiss nichts Schöneres, als Drechsler zu
werden, Madame, doch haben wir keine Mittel
dazu, denn es kostet so viel Lehrgeld und es
dauert so lange, bis er etwas verdienen
könnte!''

,,Also Drechsler möchtest Du werden,
Pierre?''

Er wurde im Gesicht rot wie ein Puter und
antwortete kaum vernehmbar:

,,Ja, Madame!''

,,Wohlan, wenn Du so brav bleibst, sollst
Du Drechsler werden! . . . Und hier, liebe
Frau, habe ich etwas für Sie mitgebracht!''

Sie legte einen Zettel auf den Tisch neben
die kupfernen Sous, der sich später als eine
grosse Geldnote herausstellte, und fuhr dann
also zu reden fort:

,,Es ist nicht so mühsam erworben, wie die
kleinen Dinger da von Pierre, aber es wird
Ihnen weiter reichen. . . . Ich werde dafür sorgen, dass Pierre als Lehrling in ein gediegenes
Geschäft kommt, wo er etwas Tüchtiges lernen
kann. Werde auch einen Arzt schicken, der

Ihrem Mann mehr Zeit widmen kann. Und
wenn das Geld alle ist, ehe Ihr Mann wieder
hergestellt, so wenden Sie sich an das österreichische Konsulat, wo man Sie kennen wird. . .
Ich bin die Kaiserin Elisabeth von Oesterreich."

Damit reichte sie der erstarrten Frau die
Hand, drückte die kleinen Patschhändchen der
Mädchen und die des braven Pierre, und
nachdem sie dem Kranken Gottes Beistand
und gute Besserung gewünscht, that sie wieder
ihren feinen Trauerschleier vor, ging hinaus in
den finsteren, dumpfen Gang, die steilen Treppen hinunter und in die enge, alte, schlecht-
gepflasterte Strasse hinaus.

Die Bewohner des Stübchens oben aber
waren so verdutzt, dass sie kaum sich rühren
konnten. Eine Kaiserin war da gewesen!
Die Kaiserin von Oesterreich war bei ihnen,
den armen, unglücklichen Odins gewesen! . . .
Wenn es schliesslich nicht doch bloss ein Märchen gewesen war!

Sie hatten auch nicht einmal daran gedacht,
die hohe Dame die Treppe hinabzubegleiten!
Alle vier aber eilten jetzt geräuschlos an die
Fenster und blickten auf die Strasse hinab —
ob sie wohl sicher hinuntergekommen war?

Wirklich! Da unten, tief unter ihnen,
ging sie, die edle Frau, ging sie hin durch die
winkelige Gasse, wie die ärmste Nachbarin,
und niemand kannte sie, — *sie*, um deren
Besuch die Noblesse von Paris sich vergebens
bemühte!

Einige Zeit nach dem soeben beschriebenen
Vorfall trat ein Junge in einen der ersten

Blumenläden von Paris, da hinein, wo viele
Tausende von Dollars jährlich für gepflückte
Blumen wandern.

Ein Klerk trat an den Jungen heran, den
er kannte, da derselbe früher viel für das
Geschäft als Laufbursche herumgelaufen war.

„Nun, Pierre, was giebt's?" fragte der
Klerk neugierig. „Hat die Herrlichkeit
schon aufgehört? Bist Du nicht mehr bei
Monsieur Jourdaine, dem Drechslermeister?"

„Jawohl, Monsieur, aber ich möchte einen
Strauss kaufen, einen wunderschönen Strauss
möchte ich — von den schönen Rosen dort!"

Er deutete auf einen Haufen prachtvoller,
halbaufgeblühter, weisser Rosen, deren lange
Stiele in einer importierten Vase mit Wasser
standen.

Der Klerk lachte laut auf.

„Du bist wohl nicht recht bei Groschen,
Pierre? Der ‚Jardin des Plantes' kann keine
solchen Rosen liefern! Einen ganzen Strauss
davon kauft nur ein Baron de Rothschild!"

„Ich möchte aber auch die schönsten
haben!" sagte Pierre kleinlaut.

„Das glaube ich Dir ganz gern! Aber was
willst Du denn damit?"

„Haben Sie's nicht gehört? Heute abend
reist die Kaiserin Elisabeth von Oesterreich
ab. Und der möchte ich einen Rosenstrauss
bringen!"

„Haha! Immer besser! Der Kaiserin willst
Du einen Strauss bringen! — der Kaiserin von
Oesterreich, die nicht einmal den Gesandten
ihres Reiches empfangen wollte? ... Wie
kommst Du auf diese närrische Idee?"

Und Pierre musste erzählen, wie er dazu kam. Er erzählte, wie die Kaiserin seine Eltern, ohne jegliche Begleitung, in deren Dachkammer besucht habe, was sie gethan, was sie gesagt, wie sie ihm eine Lehrlingsstelle bei einem Drechsler versprochen und auch verschafft habe, wie sie ihnen allen überhaupt fortgeholfen und sie unterstützt habe, so dass sie jetzt ganz aus der Not heraus wären.

Der Klerk hörte sprachlos zu, neigte seinen pomadisierten Kopf tief zu dem des kleinen Pierre hinab, damit seinen Ohren nichts von dessen Erzählung entgehe, und rief dann einen Kollegen nach dem anderen herbei, erzählte die Sache jedem von neuem und zuletzt selbst dem Prinzipal, der schon lange hinter seinem goldigen Gitter in der Bücherecke sich den Kopf zerbrochen hatte, was wohl in seine Angestellten für eine Aufregung gefahren sei.

Und der Herr Prinzipal kam dann langsam aus seiner Höhle hervor, streifte seine Rockärmel zurück und fing ohne Zögern an, eine der herrlichen Rosen um die andere aus der Vase zu ziehen, und band ein ungeheures Bouquet zusammen, so schön, wie es kein Rothschild schöner haben konnte. Und alles langte zu — das ganze Geschäft half mit an dem Strausse des Drechslerlehrlings, des kleinen Pierre, und es dauerte geraume Zeit, bis das Kunstwerk fertig war.

Als Pierre schliesslich das Bouquet — in Wachspapier und Watte eingepackt — in der zitternden Hand hielt und mit der anderen seine zusammengesparten Sous hervorklaubte, da schob man sie ihm eiligst wieder zurück in

die ölige, mit Holzspähnen gespickte Tasche
nnd sagte, der Strauss koste nichts, gar nichts.
Man begleitete ihn sogar insgesamt bis an die
Glasthüre, um zu sehen, dass er glücklich über
die Strasse kam.

Dabei sagte der Prinzipal:

„Den könnte man beneiden!"

Und jeder murmelte es ihm nach:

„Oui, oui! Den könnte man beneiden!"

Und nie in ihrem Leben hatten sie wohl ein
wahreres Wort gesprochen! · Sie alle benei-
deten den armen Pierre um seine Bekanntschaft mit der Kaiserin.

Die Neugierde der Pariser war durch die
ausserordentliche Heimlichkeit, mit welcher
die Kaiserin von Oesterreich sich während
ihres letzten Aufenthaltes in der französischen
Hauptstadt einzuspinnen wusste, auf den
höchsten Gipfel getrieben.

Niemand wurde über ihre Ankunft benachrichtigt, nicht einmal der österreichische Ge-
sandte, Graf Hoyos, derselbe, der dem Kaiser-
paar die Nachricht von dem unglückseligen
Ende ihres Sohnes, des Thronfolgers, des Erz-
herzogs Rudolf, seinerzeit von Meyerling nach
Wien gebracht hatte. Der Graf hörte erst
durch die alles ausschnüffelnde Tagespresse,
dass die Kaiserin angekommen und in dem
Hotel A— abgestiegen sei, konnte sich ihr
aber nicht präsentieren, da sie das strengste
Inkognito bewahren wollte.

Bald waren allerhand Gerüchte über sie im

Umlauf. Es wurde geflüstert, dass sie oft, in tiefste Trauerkleider gehüllt, ganz allein die Strassen von Paris durchwandle, um hier oder dort einer armen Familie eine Wohlthat zu erweisen. Aber ob man auch alle schwarzgekleideten Damen auf der Strasse anstarrte, man wusste doch nicht, ob die Kaiserin darunter sei.

Und unangemeldet, wie sie gekommen, wollte sie auch gehen. Sie verliess ihr Hotel, nachdem sie noch eine grosse Summe Geldes im österreichischen Konsulat für die Stadtarmen hinterlegt, zu Fuss, und bestieg ihren Wagen erst in der Rue Castiglionne, wo er auf sie wartete.

Am Bahnhof hatten sich ein paar hohe Persönlichkeiten, darunter ihre Schwester, die Ex-Königin von Neapel, eingefunden, um ihr Lebewohl zu sagen.

Als die letzten Worte des Abschieds geäussert waren, die Kaiserin ihren Waggon erstiegen und der Zug langsam angefangen hatte, sich zu entfernen, da schob sich plötzlich ein kleiner, nerviger Arm durch das offenstehende Coupéfenster, hinter dem die Freundin der Notleidenden sass, und liess ein wundervolles Bouquet von schneeweissen Rosen auf ihren Schoss fallen.

Dann rollte der Extrazug weiter und hatte nach wenigen Minuten Paris hinter sich.

Elisabeth aber schaute auf die duftenden, taufrischen Rosen mit Verwunderung und bemerkte eine Karte, die zwischen den Knospen wie beschämt hervorsah. Sie zog dieselbe heraus und las die daraufstehenden, mit

schlechtgeformten, unbeholfenen, übergrossen
Buchstaben zusammengestoppelten Worte:

Que Dieu Benisse L'Imperatrice Elisabeth!

Und sie, die Kaiserin, die Kaiserin von
Oesterreich, dachte an Pierre, an den armen,
kleinen Pierre, dessen dünnes Gesichtchen sie
eben durch ihren Schleier gesehen zu haben
meinte, als der Strauss hereingereicht worden
war.

Pierre aber war glücklich, dass es ihm ge-
lungen war, seine Rosen abzugeben, und fasste,
als vom Rollen des Zuges nichts mehr zu hören
war, seine mitgebrachten und in der Nähe auf-
gepflanzten Schwestern bei den Händen,
Madelaine rechts, Josephine links, und verlor
sich mit ihnen im Gewimmel der Millionen-
stadt.